CLÁSSICOS BRASILEIROS EM HQ

MÁRIO DE ANDRADE

MACUNAÍMA

por

RODRIGO ROSA
ROTEIRO E ARTE

editora ática

Macunaíma
© Rodrigo Rosa, 2017

A grafia de expressões e trechos consagrados no original de Mário de Andrade foi mantida nesta HQ.

Gerência editorial Kandy Saraiva
Edição e textos extras Camila Saraiva
Gerência de produção editorial Ricardo de Gan Braga

Arte
Narjara Lara (coord.), Nathalia Laia (assist.)
Projeto gráfico Juliana Vidigal, Thatiana Kalaes
Ilustração de miolo e capa Rodrigo Rosa
Colorização Rodrigo Rosa e Fernanda Maya

Revisão
Hélia de Jesus Gonsaga (ger.), Rosângela Muricy (coord.), Ricardo Miyake e Isabela Gomes da Cunha Martins (estag.)

Iconografia
Sílvio Kligin (superv.), Cesar Wolf e Fernanda Crevin (tratamento de imagem)

CIP-BRASIL. CATALOGAÇÃO NA FONTE
SINDICATO NACIONAL DOS EDITORES DE LIVROS, RJ

R695m

Rosa, Rodrigo
Macunaíma / Adaptação e ilustração Rodrigo Rosa. - 1. ed. - São Paulo : Ática, 2017.
88 p. : principalmente il. ; - (Clássicos Brasileiros em HQ)

Adaptação de: Macunaíma / Mário de Andrade
Texto em quadrinhos
Apêndice
ISBN 978-85-08-18139-1

1. Histórias em quadrinhos. 2. Romance brasileiro. I. Andrade, Mário de, 1893-1945. Macunaíma. II. Rosa, Rodrigo. III. Título. IV. Série.

16-32404 CDD: 741.5
CDU: 741.5

CL 738007
CAE 615441

2021
1ª edição
6ª impressão
Impressão e acabamento: Bercrom Gráfica e Editora

editora ática

Avenida das Nações Unidas, 7221
Pinheiros - São Paulo - SP - CEP 05425-902
Tel.: 4003-3061 / atendimento@aticascipione.com.br
www.coletivoleitor.com.br

RAPSÓDIA BRASILEIRA

Após a perda da muiraquitã, Macunaíma e seus irmãos saem em andança pelo Brasil. Em busca do amuleto, eles dão início a uma odisseia tupiniquim. Neste clássico do Modernismo brasileiro, Mário de Andrade nos apresenta a história do herói sem nenhum caráter. Malandro, inteligente, preguiçoso, boca-suja, luxurioso, Macunaíma mudará de forma, de cor e até de ideia ao longo dessa viagem.

Publicado em 1928, *Macunaíma* traz uma narrativa veloz, fragmentada e fantástica, na qual o personagem viaja de um lugar distante para outro em cortes repentinos na história, como se tivesse sido teletransportado. Com linguagem popular, a obra traz uma representação original do caráter brasileiro, sem muita profundidade psicológica, mas com referências à ambiguidade da natureza humana. Inspirado na vanguarda europeia, no folclore nacional, nos causos, nos provérbios, nas lendas e nas anedotas, o livro traz o popular e o erudito, o primitivo e o moderno, a cidade e o campo convivendo lado a lado.

As cenas cinematográficas, a riqueza dos cenários, o humor, o tom fabular, tudo isso nos leva a acreditar que *Macunaíma* nasceu para ser quadrinizado. E pelas mãos do talentoso artista e roteirista Rodrigo Rosa temos a chance de entrar em contato com esta releitura do clássico modernista.

Bônus: depois dos quadrinhos, você encontrará informações e curiosidades sobre a época em que a história se passa, além de um *making of* imperdível.

NO FUNDO DO MATO-VIRGEM, NUM MOMENTO DE SILÊNCIO GRANDE...
BUUÁÁÁÁÁÁÁÁ
... NASCEU MACUNAÍMA, HERÓI DA NOSSA GENTE.
QUE COISINHA MAIS FEIA!
É FILHO DO MEDO DA NOITE!
JÁ NA MENINICE, FEZ COISAS DE SARAPANTAR. PASSOU SEIS ANOS NÃO FALANDO. SI O INCITAVAM A FALAR, EXCLAMAVA...
AI, QUE PREGUIÇA!
E NÃO DIZIA MAIS NADA.
PASSAVA OS DIAS TREPADO NO JIRAU, ESPIANDO O TRABALHO DOS OUTROS, PRINCIPALMENTE DOS MANOS QUE TINHA...
MAANAPE, JÁ VELHINHO...
... E JIGUÊ, NA FORÇA DO HOMEM.

O DIVERTIMENTO DELE ERA DECEPAR CABEÇA DE SAÚVA. E TAMBÉM ESPERTAVA QUANDO A FAMÍLIA IA TOMAR BANHO NO RIO...
AI! AI! UI!
ISSO SÓ PODE SER GUAIAMUM!
GOZADO É QUE SÓ PEGA AS CUNHATÃS!
NAS CONVERSAS DAS MULHERES O ASSUNTO ERA SEMPRE AS PERALTAGENS DO HERÓI. ELAS SE RIAM, MUITO SIMPATIZADAS, DIZENDO QUE "ESPINHO QUE PINICA, DE PEQUENO JÁ TRAZ PONTA", E NUMA PAJELANÇA REI NAGÔ FEZ UM DISCURSO E AVISOU...
MACUNAÍMA É INTELIGENTE!
NEM BEM TEVE SEIS ANOS DERAM ÁGUA NUM CHOCALHO PRA ELE E MACUNAÍMA PRINCIPIOU FALANDO COMO TODOS.
Ô MÃE, LEVA EU PRA PASSEAR NO MATO, MÃE! LEVA EU, MÃE! LEVA!
NÃO POSSO! SOFARÁ, MINHA NORA, LEVA ESSE PESTE PRA BRINCAR NO MATO, FAZ FAVÔ!
MAS QUANDO A MULHER DE JIGUÊ PÔS O HERÓI DEITADO SOBRE A SERRAPILHEIRA...
UMA MÁGICA ACONTECEU!
QUÊ BRINCAR?
E OS DOIS BRINCARAM MUITO.
AI, CARREGUEI PIÁ NAS COSTAS DIA TODO, QUE FADIGA!
E NÃO TRABALHÔ NADA! VAI VER SÓ!

NO OUTRO DIA JIGUÊ COMEÇOU A TRANÇAR FIBRA DE CURAUÁ PRA FAZER ARMADILHA... VIU RASTO FRESCO DE ANTA NO MATO.
TAMBÉM QUERO CORDA PRA CAÇAR.
ISSO NÃO É BRINQUEDO DE CRIANÇA!
O HERÓI PRINCIPIOU CHORAR, ATÉ QUE CONSEGUIU.
E FOI CADA IRMÃO PRUM CANTO DO MATO, ARMAR ARMADILHA.
ESSA ANTA É MINHA!
CURUMIM TÃO BOBO!
NO OUTRO DIA A ARRAIADA INDA ACABAVA DE TREPAR NO ARVOREDO, MACUNAÍMA DESPERTOU A TODOS...
CORRE LÁ NO MATO PEGÁ A BICHA QUE EU CACEI! CORRE!
MACUNAÍMA PEGOU ANTA! JIGUÊ NÃO!
NA HORA DE REPARTIR A COMIDA...
PRA TI SÓ SOBROU TRIPA!
O HERÓI JUROU VINGANÇA...
VAMO PASSEAR, SOFARÁ?
BRINCARAM NO MATO ATÉ A BOCA-DA-NOITE.
AH, EU VI TUDO SEUS SAFADOS!
O BERREIRO FOI TÃO GRANDE QUE ENCURTOU O TAMANHÃO DA NOITE E MUITOS PÁSSAROS CAÍRAM NO CHÃO DE SUSTO E SE TRANSFORMARAM EM PEDRA.
QUANDO NÃO PÔDE MAIS SURRAR, JIGUÊ LEVOU SOFARÁ DE VOLTA PRO PAI DELA E DORMIU FOLGADO NA REDE.

NO OUTRO DIA...
ESSA É MINHA NOVA CUNHÃ. SE CHAMA IRIQUI.
ERA LINDA.
DEPOIS DE COMEREM A ANTA QUE MACUNAÍMA PEGOU, A FOME BATEU NO MOCAMBO. CAÇA, NINGUÉM NÃO PEGAVA MAIS.
JÁ NÃO FOSSE POUCA A FOME, AINDA VEM ESSA ENCHENTE!
ISSO É MALDIÇÃO DO SAPO MARAGUIGANA POR CAUSA DO BOTO SEU FILHO QUE TU CAÇOU!
E NÓS COMEMO!
MÃE, FECHA OS OLHOS E PERGUNTA ASSIM: QUEM QUE LEVA NOSSA CASA PRA OUTRA BANDA DO RIO LÁ NO TESO, QUEM QUE LEVA?
QUEM QUE LEVA NOSSA CASA PRA...
FECHA OS OLHOS SÓ UM POUQUITIM MAIS, VELHA!
Ó, MÃE, Ó! VAMO!
INDA QUE MAL LHE PERGUNTE, POR QUE A SENHORA ARRANCA TANTA PACOVA?
LEVAR PROS SEUS IRMÃOS JIGUÊ E MAANAPE E PRA LINDA IRIQUI QUE PADECEM DE FOME!
NHAM! NHAM!
MÃE, QUEM QUE LEVA NOSSA CASA PRA OUTRA BANDA DO RIO NO BANHADO, QUEM QUE LEVA? PERGUNTA ASSIM.
A VELHA FEZ. QUANDO ABRIU OS OLHOS...
Ó, MÃE, TÁ TUDO DE VOLTA!

ENTÃO A VELHA TEVE UMA RAIVA MALVADA. CARREGOU O HERÓI NA CINTURA E PARTIU. ATRAVESSOU O MATO E CHEGOU NO CAPOEIRÃO CHAMADO CAFUNDÓ DO JUDAS.
AGORA EU VÔ EMBORA. TU FICAS PERDIDO AQUI E PODES CRESCER MAIS NÃO.
TIVESSE ALGUÉM PRA OLHAR, CHORAVA MUITO!
CRIOU CORAGEM E BOTOU PÉ NA ESTRADA.
VAGAMUNDOU DE DÉU EM DÉU SEMANA, ATÉ QUE TOPOU COM O CURRUPIRA.
MEU AVÔ, DÁ CAÇA PRA MIM COMER?
TÔ!
FFK!
O QUE FAZ POR ESSAS BANDAS, RAPAIZ?
PASSEANDO.
NÃO DIGA!
NHOC! NHOC!
E CONTANDO O TRANSPORTE DA CASA DE NOVO PRA DEIXA ONDE NÃO TINHA CAÇA DEU UMA GRANDE GARGALHADA.
TU NÃO É MAIS CURUMI NÃO, RAPAIZ! GENTE GRANDE QUE FAIZ ISSO...
AGRADECIDO! SABE COMO POSSO VOLTÁ PRO MOCAMBO DOS TAPANHUMAS?
O CURRUPIRA ESTAVA QUERENDO MAS ERA COMER O HERÓI, ENSINOU FALSO...
TU VAI POR AQUI, PASSA PELA FRENTE DAQUELE PAU, QUEBRA A MÃO ESQUERDA, VIRA E VOLTA POR DEBAIXO DOS MEUS UAIARIQUINIZÊS.
MACUNAÍMA FOI, NA HORA DE FAZER A VOLTA...
AI, QUE PREGUIÇA!
E SEGUIU DIREITO.
CARNE DE MINHA PERNA!
QUE FOI?
CARNE DE MINHA PERNA!
QUE FOI?
CARNE DE MINHA PERNA!
RUÓÓ!
QUE FOI?

LÉGUA E MEIA ADIANTE...
ACUTI PITA CANHÉM
MINHA VÓ, DÁ AIPIM PRA MIM COMER?
SIM.
QUE QUE VOCÊ ESTÁ FAZENDO NA CAATINGA, MEU NETO?
PASSEANDO.
AH, O QUÊ!
CONTOU COMO ENGANARA O CURRUPIRA E DEU UMA GRANDE GARGALHADA.
CULUMI FAZ ISSO NÃO, MEU NETO, VOU TE IGUALAR O CORPO COM O CALDO ENVENENADO DO AIPIM.
TCHUF!
AH, ME MOLHOU TODO. SÓ LIVREI A CABEÇA..
ATCHÚÚ!
AGORA MEU NETO É HOMI TALUDO MAS COM CABECINHA ENJOATIVA DE PIÁ.
MACUNAÍMA AGRADECEU O FEITO E FRECHOU CANTANDO PRO MOCAMBO NATIVO.
A NOITE VINHA BESOURENTA ENFIANDO AS FORMIGAS NA TERRA E TIRANDO OS MOSQUITOS D'ÁGUA.
MÃE, SONHEI QUE CAIU MEU DENTE.
ISSO É MORTE DE PARENTE!
BEM QUE SEI. A SENHORA VIVE MAIS UMA SOL SÓ.
NO OUTRO DIA OS MANOS FORAM PESCAR E CAÇAR, A VELHA FOI NO ROÇADO E MACUNAÍMA FICOU SÓ COM A COMPANHEIRA DE JIGUÊ.
MMM, QUE VONTADE DI FAZER FESTINHA EM IRIQUI...
VOU VIRAR FORMIGA QUENQUÉM!
AIII!!!
ENTÃO O HERÓI TEVE GRANDE IDEIA. E VIROU...
URUCUM!
A LINDA IRIQUI RIU, COLHEU AS SEMENTES SE FACEIROU TODA PINTANDO A CARA E OS DISTINTIVOS. FICOU LINDÍSSIMA. ENTÃO MACUNAÍMA, DE GOSTOSO, VIROU GENTE OUTRA FEITA E MOROU COM A COMPANHEIRA DE JIGUÊ.

QUANDO OS MANOS VOLTARAM DA CAÇA JIGUÊ PERCEBEU A TROCA LOGO.
AH, EU PEGO!...
VAI MANSO, MANO... AGORA MACUNAÍMA TÁ HOMI PRA SEMPRE E TRONCUDO!
MMM, MATUTANDO MELHÓ... A MALOCA TÁ CHEIA DE COMIDA AGORA QUE MACUNAÍMA AJUDA A CAÇAR. TEM MILHO, PACOVA, CAXIRI, MARAPÁS, SAPOTA... NÃO PAGA A PENA BRIGAR...
NO OUTRO DIA MACUNAÍMA DEPOIS DE BRINCAR CEDINHO COM A LINDA IRIQUI, SAIU PRA DAR UMA VOLTINHA. ATRAVESSOU O REINO ENCANTADO DA PEDRA BONITA EM PERNAMBUCO E QUANDO ESTAVA CHEGANDO NA CIDADE DE SANTARÉM...
UMA VIADA PARIDA! ESSA EU CAÇO!
ÉÉÉÉÉ!
AAAAH! FOI PEÇA DE ANHANGA!
O HERÓI FOI CHAMAR OS MANOS E OS TRÊS CHORANDO MUITO PASSARAM A NOITE DE GUARDA BEBENDO OLONITI E COMENDO CARIMÃ COM PEIXE.
MADRUGADINHA POUSARAM O CORPO DA VELHA NUMA REDE E FORAM ENTERRÁ-LA POR DEBAIXO DUMA PEDRA.
MAANAPE, QUE ERA UM CATIMBOZEIRO DE MARCA MAIOR, FOI QUE GRAVOU O EPITÁFIO. E ERA ASSIM:

JEJUARAM O TEMPO QUE O PRECEITO MANDAVA E MACUNAÍMA GASTOU O JEJUM SE LAMENTANDO HEROICAMENTE. A BARRIGA DA MORTA FOI INCHANDO FOI INCHANDO E NO FIM DAS CHUVAS TINHA VIRADO NUM CERRO MACIO. ENTÃO OS QUATRO PARTIRAM POR ESSE MUNDO.
UMA FEITA...
ÁÁÁGUA!...
NEM SINAL DE IGAPÓ OU LAGOA...
E VEI, A SOL, CASTIGANDO BEM!
??
TEM COISA!
DEIXARAM A LINDA IRIQUI SE ENFEITANDO SENTADA NAS RAÍZES DUMA SAMAÚMA E AVANÇARAM CAUTELOSOS.
LÉGUA E MEIA ADIANTE, MACUNAÍMA PONTEAVA O GRUPO, QUANDO...
TEM SECO UM PEITO... SÓ PODE SER DAS ICAMIABAS, TRIBO DAS MULHERES GUERREIRAS...
ERA CI, MÃE DO MATO!
HORA DE BRINCAR!
SCRÓC!
FOI UM PEGA TREMENDO. OS BERROS DOS BRIGUENTOS DIMINUINDO DE MEDO OS CORPOS DOS PASSARINHOS.
PAU!
TUM!
CRÁS!
PÉIN!
O HERÓI APANHAVA, A ÍNDIA NÃO TINHA NEM UM ARRANHÃOZINHO.
ME ACUDAM QUE SINÃO EU MATO! ME ACUDAM QUE SINÃO EU MATO!
AGARRA DAÍ QUI EU DÔ PORRADA DI CÁ! TÔ!
PÓIM!
E A ICAMIABA CAIU NAS SAMAMBAIAS DA SERRAPILHEIRA. MACUNAÍMA SE APROXIMOU E BRINCOU COM A MÃE DO MATO.

VIERAM ENTÃO MUITAS JANDAIAS, MUITAS ARARAS-VERMELHAS TUINS CORICAS PERIQUITOS, MUITOS PAPAGAIOS SAUDAR...
MACUNAÍMA, O NOVO IMPERADOR DO MATO-VIRGEM.
E OS TRÊS MANOS SEGUIRAM COM A COMPANHEIRA NOVA. ATRAVESSARAM A CIDADE DAS FLORES EVITARAM O RIO DAS AMARGURAS PASSANDO POR DEBAIXO DO SALTO DA FELICIDADE, TOMARAM A ESTRADA DOS PRAZERES E CHEGARAM NO CAPÃO DE MEU BEM.
FOI DE LÁ QUE MACUNAÍMA IMPEROU SOBRE OS MATOS MISTERIOSOS.
QUER CHUPITAR PAJUARI?
ENQUANTO CI...
AVANTE, ICAMIABAS!
AFF! PELEJA HOJE FOI DURA!
VEM CÁ QUE TE CATO OS CARRAPATOS, BENZINHO.
SÓ DEPOIS DE BRINCAR!
E BRINCARAM MUITAS FEITAS...
NEM BEM SEIS MESES PASSARAM E A MÃE DO MATO PARIU UM FILHO ENCARNADO. TODAS AS ICAMIABAS QUERIAM BEM O MENINO. AGORA SÓ MATUTAVAM NO PECURRUCHO.
NÃO BATE ASSIM QUE VAI ACHATAR INDA MAIS A CABECINHA DELE, MEU NÊGO.
MEU FILHO, CRESCE DEPRESSA PRA VOCÊ IR PRA SÃO PAULO GANHAR MUITO DINHEIRO.
TAP! TAP! TAP!
VIDA FELIZ, ERA BOM!...

MAS UMA FEITA...
¡IIUUU!!
AI, MINHA MÃE! JUCURUTU REGOUGÔ NO MEU TELHADO! É MAU AGOURO!
PRECISO TOMAR CORAGEM! ESPANTAR O MEDO, ABRIR O OLHO!
MAS O HERÓI CAIU DEMAIS NO PAJUARI...
ENTÃO VEIO A COBRA PRETA...
E CHUPOU O ÚNICO PEITO VIVO DE CI ATÉ SECAR.
E COMO JIGUÊ NÃO CONSEGUIRA MOÇAR NENHUMA DAS ICAMIABAS O CURUMIM SEM AMA CHUPOU O PEITO DA MÃE NO OUTRO DIA, DEU UM SUSPIRO ENVENENADO E...
MORREU!
BOTARAM O ANJINHO NUMA IGAÇABA E PROS BOITATÁS NÃO COMEREM OS OLHOS DO MORTO O ENTERRARAM MESMO NO CENTRO DA TABA.
TERMINADA A FUNÇÃO...
TÓ, ESSA MUIRAQUITÃ É PROCÊ LEMBRAR DE MIM...
E SUBIU PRO CÉU...
É LÁ QUE CI VIVE AGORA, TODA ENFEITADA DE LUZ, VIRADA NUMA ESTRELA. É A BETA DO CENTAURO.

NO OUTRO DIA, QUANDO MACUNAÍMA FOI VISITAR O TÚMULO DO FILHO...
EITA! NASCEU UMA PLANTINHA!
TRATARAM DELA COM MUITO CUIDADO E FOI O GUARANÁ. COM AS FRUTINHAS PILADAS DESSA PLANTA É QUE A GENTE CURA MUITA DOENÇA E SE REFRESCA DURANTE OS CALORÕES DE VEI, A SOL.
A SAUDADE JUDIAVA BEM...
CI, CI... COMPANHEIRA PRA SEMPRE INESQUECÍVEL...
FEZ DA MUIRAQUITÃ UM TEMBETÁ.
SENTIU QUE IA CHORAR.
CHAMOU DEPRESSA OS MANOS.
SIMBORA GAUDERIAR PELAS MATAS DE MEU IMPÉRIO... ADEUS!
POR TODA A PARTE ELE RECEBIA HOMENAGENS. E GAUDERIAVAM, SEMPRE SEGUIDOS DO SÉQUITO SARAPINTADO DE PAPAGAIOS...
NAS NOITES DE AMARGURA ELE TREPAVA NUM AÇAIZEIRO DE FRUTAS ROXAS COMO A ALMA DELE. E INVOCAVA OS DEUSES BONS CANTANDO CÂNTICOS.
RUDÁ, RUDÁ!... FAZ COM QUE AMANSEM TODAS AS ÁGUAS DOS RIOS PRA QUE EU ME BANHANDO NELES POSSA BRINCAR COM A MARVADA REFLETIDA NO ESPELHO DAS ÁGUAS!...

CAMINHANDO CAMINHANDO, UMA FEITA EM QUE A ARRAIADA PRINCIPIAVA ENXOTANDO A ESCUREZA DA NOITE...
BUÁÁÁÁÁÁ!!!
QUE É ISSO!
CHOURIÇO!
CONTA O QUE É.
ME CHAMO NAIPI E SOU FILHA DO TUXAUA MEXÔ-MEXOITIQUI. EU ERA UMA BONITEZA DE CUNHATÃ E TODOS OS TUXAUAS VIZINHOS DESEJAVAM DORMIR NA MINHA REDE E PROVAR MEU CORPO...
PORÉM QUANDO ALGUM VINHA EU DAVA DENTADAS E CONTAPÉS POR AMOR DE EXPERIMENTAR A FORÇA DELE. E TODOS NÃO AGUENTAVAM.
MINHA TRIBO ERA ESCRAVA DA BOIUNA CAPEI. SEMPRE NO TEMPO EM QUE OS IPÊS DE BEIRA-RIO SE AMARELAVAM DE FLORES A BOIUNA VINHA NA TABA ESCOLHER A CUNHÃ VIRGEM QUE IA DORMIR COM ELA NA SOCAVA CHEIA DE ESQUELETOS.
É NAIPI QUE EU QUERO. AMANHÃ CEDO TE VENHO BUSCAR...
A TRISTURA CAIU SOBRE TODOS, MAS ERA TITÇATÊ, UM GUERREIRO DE MEU PAI, QUEM MAIS SOFRIA.
À NOITE, ELE JUNTOU AS FLORES CAÍDAS DOS IPÊS E VEIO VISITAR MINHA REDE...
NHAC!
PORÉM O MOÇO NÃO FEZ CASO NÃO, GEMEU DE RAIVA AMANDO, ME ENCHEU A BOCA DE FLORES QUE NÃO PUDE MAIS MORDER. TITÇATÊ PULOU NA REDE E NAIPI SERVIU TITÇATÊ.
NO OUTRO DIA QUANDO O PAJÉ VELHO GUARDOU A NOITE NO BURACO...
TRAIDORA! EU PEGO! EU PEGO!
QUANDO NOS ACHOU, CAPEI ME REVIROU E CERTIFICOU QUE NAIPI SERVIU TITÇATÊ. QUIS ACABAR COM O MUNDO DE RAIVA TAMANHA...
ME VIROU NESTA PEDRA E ATIROU TITÇATÊ NA PRAIA DO RIO, TRANSFORMADO NUMA PLANTA. É AQUELE MURURÉ TÃO LINDO QUE SE ENXERGA, BRACEJANDO N'ÁGUA PRA MIM.

SI... SI... SI A BOBOIUNA APARECESSE EU... EU MATAVA ELÁ!
CUIDADO COM O QUE DIZ...
ELA VIVE DEBAIXO DE MIM!
BZUIMMM!!
BIF!
TAP!
BIF!
PAF!
PAF!
TRRRZZZZ
NHAC!
PIMBA!
TRRRRRZZZZZ!
UI!
COÇA! COÇA!
JUQUE!
?!
VEM CÁ, SIRIRI, VEM CÁ!
MACUNAÍMA NÃO SABIA QUE A CABEÇA FICARA ESCRAVA DELE E NÃO VINHA PRA FAZER MAL NÃO.

BLAM!
ABRA A PORTA PRA MIM ENTRAR!
SAI!
A CABEÇA ESPEROU MUITO PORÉM VENDO QUE NÃO ABRIAM MESMO MATUTOU NO QUE IA SER. PEDIU AJUDA PRA ARANHA TATA-MANHA, QUE FOI TECENDO FIO BRANCO E TREPANDO NA NOITE DO CÉU. A CAPEI FOI ATRÁS PAPANDO, PAPANDO FIO E SUBINDO. QUANDO CHEGOU LÁ EM RIBA, TAVA BRANCA E REDONDA DE TANTA TEIA COMIDA.
VIROU LUA!
NA TAPERA...
AI, MEU JESUIS!
PERDI A MUIRAQUITÃ!
NO OUTRO DIA OS MANOS DERAM UM CAMPO ATÉ A BEIRA DO RIO MAS CAMPEARAM CAMPEARAM EM VÃO...
PERGUNTARAM PRA TODOS OS SERES, APEREMAS SAGUIS TATUS-MULITAS TEJUS MUÇUÃS DA TERRA E DAS ÁRVORES, TAPIUCABAS CHABÓS MATINTAPERERAS E ARACUÃS DO AR, PRA AVE JAPIIM E SEU COMPADRE MARIMBONDO, PRA BARATINHA CASADEIRA...
NÃO VI!
NÃO SEI.
SEI NÃO.
"MUIRA" QUEM?
NADA DA MUIRAQUITÃ.
E OS MANOS BATERAM PÉ NA ESTRADA OUTRA VEZ. DE VEZ EM QUANDO MACUNAÍMA PARAVA PENSANDO NA MARVADA... QUE DESEJO BATIA NELE!
VIVA NOSSO IMPERADOR!!!
MEU NEGRINHO DO PASTOREIO, MA ALUMIA PR'EU ACHAR MUIRAQUITÃ DE CI, MINHA PRA SEMPRE AMADA...

ENTÃO UMA FEITA...
NÃO AMOLA, UIRAPURU!
EPA! PERALÁ QUE VIM A MANDO DO NEGRINHO, SÓ PRA TE CONTÁ...
MUIRAQUITÃ CAIU NO RIO E UMA TRACAJÁ COMEU...
...MARISQUEIRO QUE PEGÔ A TRACAJÁ, ACHOU A TARTARUGA E VENDEU PRA UM REGATÃO PERUANO CHAMADO VENCESLAU PIETRO PIETRA...
...O DONO DO TALISMÃ ENRICOU E AGORA É FAZENDEIRO BALUDO LÁ NA CIDADE MACOTA DE SÃO PAULO!
QUANDO OS MANOS VOLTARAM DA PESCARIA, O HERÓI CONTOU TUDO E DEU DISCURSO...
SI VOCÊS VENHAM COMIGO MUITO QUE BEM, SI NÃO, ANTES SÓ DO QUE MAL ACOMPANHADO! MAS EU TENHO OPINIÃO DE SAPO E QUANDO ENCASQUETO UMA COISA AGUENTO FIRME NO TOCO.
FOI O ARAGUAIA QUE FACILITOU-LHES A VIAGEM. OS TESOUROS HERDADOS DA ICAMIABA ESTRELA ESTAVAM ESCONDIDOS NAS GRUNHAS DO RORAIMA LÁ. DESSES TESOUROS, APARTOU PRA VIAGEM NADA MENOS DE QUARENTA VEZES QUARENTA MILHÕES DE BAGOS DE CACAU, A MOEDA TRADICIONAL. CALCULOU COM ELES UM DILÚVIO DE EMBARCAÇÕES.
TOCA PRA SÃO PAULO!

UMA FEITA A SOL COBRIRA OS TRÊS MANOS DUMA ESCAMINHA DE SUOR...
TÁ NA HORA DUM BANHO!
VEM CÁ SE LAVAR QUE NÓS TE ESFREGAMOS AS COSTAS, VEM!
PIRANHADA!
OLHA, UMA COVA CHEIA D'ÁGUA!
O HERÓI FOI NA FRENTE...
BRR!
MAS A ÁGUA ERA ENCANTADA PORQUE AQUELE BURACO NA LAPA ERA MARCA DO PEZÃO DO GIGANTE SUMÉ, DO TEMPO EM QUE ANDAVA PREGANDO O EVANGELHO DE JESUS PRA INDIADA BRASILEIRA.
NOSSA, FIQUEI BRANCO, LOIRO E LINDO!
OPA, QUE EU TAMBÉM QUERO!
TCHIBUM!
ÁGUA JÁ TAVA SUJA DO TEU PRETUME... FIQUEI DA COR DO BRONZE.
ANTES FANHOSO QUE SEM NARIZ.
JIGUÊ ACABOU COM A ÁGUA!
TCHUP!
SÓ ME DEU PRA ISSO!
NÃO SE AVEXE, MAANAPE, MAIS SOFREU NOSSO TIO JUDAS!
E ESTAVA LINDÍSSIMO NA SOL DA LAPA OS TRÊS MANOS.
IH, Ó SÓ...
ESSE BANDO DE ZOIUDO INVEJOSO...
NUNCA VIU NÃO?!
E OS TRÊS MANOS SEGUIRAM CAMINHO OUTRA VEZ.

PORÉM ENTRANDO NAS TERRAS DO IGARAPÉ TIETÊ, A MOEDA TRADICIONAL NÃO ERA MAIS CACAU, EM VEZ, CHAMAVA ARAME CONTOS CONTECOS MILRÉIS TOSTÃO DUZENTORRÉIS QUINHENTORRÉIS, CINQUENTA PAUS...
O QUÊ? VOU TER QUE TRABUCAR, EU, HERÓI?...
AI! QUE PREGUIÇA... SIMBORA VOLTÁ!
DESANIMA NÃO QUE ARRANJO AS COISAS, MANO!
QUANDO CHEGARAM EM SÃO PAULO, MAANAPE ENSACOU UM POUCO DO TESOURO PRA COMEREM E BARGANHANDO O RESTO NA BOLSA APUROU PERTO DE OITENTA CONTOS DE RÉIS. ERA POUCO, MAS COM ISSO VIVERAM.
E FOI NUMA BOCA-DA-NOITE FRIA QUE OS MANOS TOPARAM COM A CIDADE MACOTA DE SÃO PAULO.
A PAPAGAIADA IMPERIAL SE DESPEDIU DO HERÓI. E LÁ SE FOI O BANDO SARAPINTADO VOLVENDO PROS MATOS DO NORTE.
Ó, AS ESTRELAS DESCERAM DO CÉU MOLHADO DE GAROA PRA BANZAR NA CIDADE!
VOU CAMPEAR A CI!
MACUNAÍMA CAMPEOU CAMPEOU MAS AS ESTRADAS E TERREIROS ESTAVAM APINHADOS DE CUNHÃS TÃO BRANCAS TÃO ALVINHAS, TÃO!...
MANI! MANI! FILHINHAS DA MANDIOCA...
AFINAL ESCOLHEU TRÊS. BRINCOU COM ELAS NA REDE ESTRANHA PLANTADA NO CHÃO. A NOITE CUSTOU PRA ELE QUATROCENTOS BAGAROTES.

A INTELIGÊNCIA DO HERÓI ESTAVA MUITO PERTURBADA. ACORDOU COM OS BERROS DA BICHARIA LÁ EMBAIXO NAS RUAS...
QUE MUNDO DE BICHOS! QUE DESPROPÓSITO DE PAPÕES RONCANDO, MAUARIS JURUPARIS SACIS E BOITATÁS NAS SOCAVAS DOS MORROS FURADOS POR GROTÕES DONDE GENTAMA SAÍA MUITO BRANQUINHA, DE CERTO A FILHARADA DA MANDIOCA!...
ENTÃO AS CUNHÃS ENSINARAM QUE TODOS AQUELES PIADOS BERROS SOPROS RONCOS NÃO ERAM NADA DISSO NÃO, ERAM MAS CAMPAINHAS APITOS BUZINAS E TUDO ERA MÁQUINA. AS ONÇAS-PARDAS NÃO ERAM ONÇAS-PARDAS, SE CHAMAVAM FORDES CHEVROLÉS DODGES E ERAM MÁQUINAS.
OS TAMANDUÁS OS BOITATÁS AS INAJÁS DE CURUATÁS DE FUMO, EM VEZ ERAM CAMINHÕES BONDES ANÚNCIOS-LUMINOSOS RÁDIOS TELEFONES CHAMINÉS. TUDO NA CIDADE ERA MÁQUINA!
O HERÓI APRENDENDO CALADO, MAQUINANDO NUMA CISMA ASSOMBRADA. DE VEZ EM QUANDO ESTREMECIA.
FOM!
CHAC!CHAC!CHAC!CHAC!
ROOÓRRRR!!
FOM!
BEEEEE!!!
JÁ SEI! VOU BRINCAR COM ESSA DEUSA MÁQUINA PRA SER IMPERADOR DOS FILHOS DA MANDIOCA!
RÁ! RÁ! RÁ! SEU BOBO! A MÁQUINA NÃO É DEUSA, NÃO! É COISA FEITA PELO HOMEM!
COM A MÁQUINA NÃO SE BRINCA! A MÁQUINA MATA!
PORÉM JACARÉ ACREDITOU? NEM O HERÓI!
AQUI Ó!
NESSE INSTANTE, FALAM, ELE INVENTOU O GESTO FAMANADO DE OFENSA: A PACOVA.

E FOI MORAR NUMA PENSÃO COM OS MANOS. PASSOU ENTÃO UMA SEMANA SEM COMER NEM BRINCAR SÓ MAQUINANDO NAS BRIGAS SEM VITÓRIA DOS FILHOS DA MANDIOCA COM A MÁQUINA.
A MÁQUINA MATA OS HOMENS PORÉM OS HOMENS É QUE MANDAM NA MÁQUINA...
A MÁQUINA DEVE DE SER UM DEUS DE QUE OS HOMENS NÃO SÃO DONOS DE VERDADE PORQUE NÃO FIZERAM DELA UMA IARA EXPLICÁVEL, MAS SÓ UMA REALIDADE DO MUNDO.
OS FILHOS DA MANDIOCA NÃO GANHAM DA MÁQUINA NEM ELA GANHA DELES NESTA LUTA. HÁ EMPATE.
DE TODA ESSA EMBRULHADA O PENSAMENTO DELE SACOU BEM CLARINHA UMA LUZ:
OS HOMENS É QUE ERAM MÁQUINAS E AS MÁQUINAS É QUE ERAM HOMENS.
RÁ! RÁ! RÁ! ESTOU LIVRE!
MANO JIGUÊ VIRA MÁQUINA TELEFONE!
ALÔ, É DO CABARÉ? TRAZ FRANCESAS E LAGOSTAS QUE A FESTA VAI SER GRANDE!
TLIM!

NA MANHÃ SEGUINTE...
AH, MARVADA... SAUDADE!
JÁ CHEGA! VOU DUMA VEZ DETRÁS DESSE VENCESLAU LADRÃO DE MUIRAQUITÃ!
A PRIMEIRA PAULADA É A QUE MATA A COBRA!
ÓIA, MANO, CAUTELA QUE O REGATÃO TEM O CALCANHAR PRA FRENTE! SE DEUS LHE ASSINALOU ALGUMA LHE ACHOU!
ENTÃO MAANAPE ACOMPANHOU O MANO. CHEGARAM PELO MATO POR DETRÁS DO TEJUPAR MAGNÍFICO DE PIETRO PIETRA...
É A AFAMADA DZALAÚRA-IEGUE, ÁRVORE QUE DÁ TODAS AS FRUTAS!
FIZERAM UM ZAIACÚTI COM FOLHAGEM CORTADA PELAS SAÚVAS.
OLHA, SI ALGUM PÁSSARO CANTAR NÃO SECUNDA NÃO, MANO, SINÃO ADEUS MINHAS ENCOMENDAS!
TÁ!
MAANAPE ATIRAVA COM A SARABATANA. ERAM MACUCOS MACACOS MICOS MUTUNS JACUS JAÓS TUCANOS, TODAS ESSAS CAÇAS MACUNAÍMA RECOLHIA POR DETRÁS DO ZAIACÚTI.
O ESTRONDO DA CAÇA CAÍDA TIROU VENCESLAU PIETRO PIETRA DO FARNIENTE...
E ELE ERA PIAIMÃ, O GIGANTE COMEDOR DE GENTE.
CANTOU FEITO PÁSSARO...
OGORÓ! OGORÓ! OGPRÓ!
OGPRÓ! OGORÓ! OGORÓ!
ESCONDE, MANO!

QUEM QUE SECUNDOU?
SEI NÃO!
QUEM QUE SECUNDOU?
SEI NÃO!
FOI GENTE. ME MOSTRA QUEM ERA.
NHOC!
FOI GENTE. ME MOSTRA QUEM ERA.
NHAC!
FOI GENTE. ME MOSTRA QUEM ERA.
FOI GENTE. ME MOSTRA QUEM ERA.
NHAM!
ZAP!
ATIRA A GENTE QUE EU CACEI!
MAANAPE ATIROU GUARIBAS JAÓS MUTUNS, MUTUM-DE-VARGEM MUTUM-DE-FAVA MUTUMPORANGA URUS URUMUTUM, TODAS ESSAS CAÇAS. PORÉM PIAIMÃ ENGOLIA E TORNAVA A PEDIR...
ATIRA A GENTE QUE EU CACEI!
LEVARAM MUITO TEMPO ASSIM E MACUNAÍMA JÁ TINHA MORRIDO.
MAANAPE, MEU NETO, DEIXA DE CONVERSA! ATIRA A GENTE QUE EU CACEI QUE SINÃO TE MATO, VELHO SAFADINHO!
ENTÃO MAANAPE FICOU COM MUITO MEDO E JOGOU O HERÓI NO CHÃO.
TRUQUE!
FOI ASSIM QUE MAANAPE COM PIAIMÃ INVENTARAM O JOGO SUBLIME DO TRUCO.
ESTE MESMO.
ENTÃO APARECEU A FORMIGUINHA CHAMADA CAMBGIQUE.
O QUE VOCÊ FAZ POR AQUI, PARCEIRO!
VOU ATRÁS DO GIGANTE QUE MATOU MEU MANO.
VOU TAMBÉM.

CAMBGIQUE VAI NA FRENTE SUGANDO O RASTRO DE SANGUE DO MANO, DANDO O CAMINHO...
CHUP! CHUP!
CRUZARAM TODA A CASA ATÉ ESTANCAR NA PORTA DO PORÃO...
TRANCADA! E AGORA?
ENTÃO VEIO POR DEBAIXO DA PORTA O CARRAPATO ZLEZLEGUE...
AGORA O QUÊ, PARCEIRO?
VOU ATRÁS DO GIGANTE QUE MATOU MEU MANO.
ENTÃO FECHA O OLHO!
PODE ABRIR, PARCEIRO!
COM AS GARRAFAS BEM DE CIMA VOCÊ CONVENCE PIAIMÃ.
ENTÃO MAANAPE ENTROU NA OUTRA SALA DA ADEGA. O GIGANTE ESTAVA AÍ COM A COMPANHEIRA, UMA CAAPORA VELHA QUE SE CHAMAVA CEIUCI. MAANAPE DEU AS GARRAFAS E O CASAL ESQUECEU QUE HAVIA MUNDO.
POBRE MANO TODO PICADINHO NA POLENTA FERVENDO.
TÁ, AGORA CAMBGIQUE DERRAMA POR CIMA TODO O SANGUE SORVIDO!
PÓDEXÁ!
MAANAPE EMBRULHOU TUDO EM FOLHAS DE BANANEIRA E COLOCOU DENTRO DUM SAPICUÁ...
... E TOCOU PRA PENSÃO.
MANO MAANAPE É GRANDE FEITICEIRO!
FUUU!!!
O QUE FOI QUE SUCEDEU PRA MIM?
MAS, MEUS CUIDADOS, NÃO FALEI PRA VOCÊ NÃO SECUNDAR CANTIGA DE PASSARINHO!

NO OUTRO DIA...
AGORA O PERUANO JÁ CONHECE MINHA FUÇA... COMO FAÇO PRA VOLTAR A TOPAR COM ELE?...
JÁ SEI, VOU ENGANAR O GIGANTE... JIGUÊ VIRA MÁQUINA TELEFONE!
ALÚ, MONSIÊ PIETRA, JE SUI UMA FRANCESA I QUÉRO PARLÁ COM VU DA MÁQUINA NEGÓCIOS!
Ô UÍ! AGÔRA MÉSME... PERFÉ, PERFÉ!
TLIM!
DESCULPE A MOLÉSTIA, DONA. PRECISAVA EMPRESTAR UMAS BONITEZAS SUAS...
MADAMA CHEGOU EM BOA HORA, QUE MINHA SENHORA E AS FILHAS NÃO TÃO E PODEMOS NEGOCIAR MAIS FOLGADO!
Ô UÍ, TRÉ GENTIL.
DEPOIS DE MUITOS SALAMALEQUES...
A SENHORITA SE ACHEGUE, NÃO SE AVEXE...
MMM, CHIC!
TINHA TACACÁ COM TUCUPI, JACAREZADA E POLENTA. A FRANCESA TINHA MUITA FOME E COMEU BEM...
DIZ PRA MUÁ... É VERDÁ QUE VU POSSUÊ UM PEDRA VERDE EM FORMA DE JACARRÉ?
SIM, QUE É. MOSTRO PRA SENHORITA...
COMPREI POR MIL CONTOS DA IMPERATRIZ DAS ICAMIABAS. É A JOIA DA MINHA COLEÇÃO!

O CAVALHEIRO ME EMPRESTA... EU QUERO TANTO...
VOCÊ IMAGINA ENTÃO QUE VOU CEDENDO ASSIM COM DUAS RISADAS, FRANCESA? QUAL!
POIS TANTO SE ME DÁ COMO SE ME DAVA, REGATÃO!
REGATÃO UMA OVA... SOU COLECIONADOR!
NÃO VENDO NEM EMPRESTO, MAS ATÉ POSSO DAR...
CONFORME...
"CONFORME"!...
SAI PRA LÁ, GIGANTE SEM--VERGONHA!
SAI, PAU!
FINALMENTE ENCONTROU UM FORMIGUEIRO E NELE ESCONDEU...
AU! AU! AU! AU!
MEU TESOURO ESTÁ AQUI...
METEU TRONCO DE PALMEIRA...
JOGOU FORMIGAS ANAQUILÃS...
MAS JACARÉ SAIU? NEM A FRANCESA...

AH É! ENTÃO VOU LÁ BUSCAR A JARARACA ELITÊ!
AH, JÁ VOU SAINDO AOS POUQUINHOS... O SENHOR VAI ME PEGANDO ISSO, FAZ FAVOR...
E ISSO...
ISSO...
MAIS ISSO...
ISSO TAMBÉM...
PIAIMÃ ESTAVA TÃO FURIBUNDO QUE ATIROU TUDO LONGE SEM NEM OLHAR...
SÓ MAIS ESSA CABAÇA FEDORENTA.
E BOTOU O SIM-SINHÔ PRA FORA...
E PIETRO PIETRA FICOU ESPERANDO PRA SEMPRE ENQUANTO O HERÓI LÁ LONGE GANHAVA OS MORORÓS.
CHEGOU NA PENSÃO TOMANDO A BÊNÇÃO DE CACHORRO E CHAMANDO GATO DE TIO, SÓ VENDO!
NO OUTRO DIA...
QUE SUADOURO É ESSE MANO?
INVEJA! COMO QUE ESSE PERUANO É AFAMADO COLECIONADOR E EU, IMPERADOR, NÃO?!
MAS COLECIONAR PEDRA, COISA QUE MAIS TEM NESSA CIDADE E QUE TANTO PESA...
AI, QUE PREGUIÇA!
JÁ SEI!
COMEÇOU UMA COLEÇÃO DE PALAVRAS-FEIAS DE QUE GOSTAVA TANTO. SE APLICOU. NUM ÁTIMO REUNIU MILIETAS DELAS EM TODAS AS FALAS VIVAS E ATÉ NAS LÍNGUAS GREGA E LATINA. CADA BOCAGEM! MAS A JOIA DA COLEÇÃO ERA UMA FRASE INDIANA QUE NEM SE FALA.

NO OUTRO DIA...
BRRR, QUE FRIAGEM! VOU ME VINGAR DANDO UMA SOVA NO GIGANTE PRA ESQUENTAR.
PROBLEMA É O QUE ME FALTA DE FORÇA ME SOBRA DE MEDO...
O HERÓI MATUTOU E TEVE IDEIA. FOI AO RIO DE JANEIRO...
AMANHÃ TEM FAMANADA MACUMBA DE TIA CIATA. LÁ ENCONTRO MEU AUXÍLIO...
TUMDUMPLAQUMTUPLATUMDUMPATUMDUM
NO OUTRO DIA, QUANDO O GRANDE PAJÉ TIROU A NOITE DO BURACO, MACUNAÍMA CHEGAVA NO TERREIRO. JÁ TINHA MUITA GENTE LÁ, GENTE DIREITA, GENTE POBRE, ADVOGADOS PEDREIROS DEPUTADOS GATUNOS, TODAS ESSAS GENTES E A FUNÇÃO IA PRINCIPIANDO. TIA CIATA CANTAVA O NOME DO SANTO QUE TINHAM DE SAUDAR E A GENTE SECUNDAVA...
Ô REI NAGÔ!
VA-MO SA-RA-VÁ!
VA-MO SA-RA-VÁ!
Ô OBATALÁ!
Ô BOTO TUCUXI!
VA-MO SA-RA-VÁ!
TIA CIATA QUASE SEM MEXER, SÓ BEIÇOS PUXAVA A REZA MONÓTONA. AÍ DE REPENTE...
SAI EXU!
SAI EXU! UÚUM!... EXU! NOSSO PADRE EXU...!
E O NOME DO DIABO REBOAVA COM ESTRONDO DIMINUINDO O TAMANHÃO DA NOITE FORA.
TOMARA BAIXE UM SANTO HOJE. FAZ TEMPO QUE NÃO...
MACUMBA DA TIA CIATA É COISA SÉRIA, NÃO TEM DISSO DE FINGIR BAIXAR XANGÔ OXOSSE QUALQUER, PRA CONTENTAR OS MACUMBEIROS.
AQUI QUANDO SANTO APARECE É DE DEVERAS!
E SEGUIAM A REZA MONÓTONA, QUANDO UMA POLACA...
AAAAR! RÁ RÁRÁ!
TUIM!
EXU CHEGOU.

DEPOIS QUE TODOS BEIJARAM ADORARAM E SE BENZERAM MUITO, FOI A HORA DOS PEDIDOS E PROMESSAS.
QUE MINHA NAMORADA CONSIGA TRABALHO PRA GENTE SE CASAR...
QUE MINHA FAZENDA SE LIVRE DAS SAÚVAS!
QUE O POVO COMPRE A CARNE DOENTE DO MEU AÇOUGUE...
ARRENEGO!
CONSINTO!
COMO É SEU NOME?
MACUNAÍMA
NOME PRINCIPIADO POR "MA" É DE MÁ SINA, MAS OCÊ É MEU FIO E O QUE QUISER EU TE DOU...
QUERO QUE FAÇA O GIGANTE PIAIMÃ SOFRER!
FOI HORROROSO O QUE SE PASSOU. EXU FEZ ENCRUZILHADA, MANDANDO O EU DE VENCESLAU PIETRO PIETRA VIR DENTRO DELE EXU PRA APANHAR. ESPEROU UM MOMENTO E...
PODE DÁ SOVA QUE O EU DO GIGANTE JÁ BAIXÔ...
PIMBA!
PAU!
PÉIM!
PISA EM VIDRO ATRAVÉS DUM MATO DE URTIGA!
AGORA VAI TOMAR BANHO SALGADO E FERVENDO!
COICE DUM BAGUAL!
A DENTADA DUM JACARÉ!
TODAS ESSAS MALDADES EXU OBEDECEU.
NO PALÁCIO DO GIGANTE, EM SÃO PAULO, FOI UM CORRE-CORRE. VENCESLAU PIETRO PIETRA SANGRAVA TODO, URRANDO.
TIA CIATA VEIO MANEIRA E PRINCIPIOU REZANDO. EXU IA SARANDO, TUDO FOI DESAPARECENDO POR ENCANTO E O CORPO DA POLACA VIROU SÃO OUTRA VEZ.
ENTÃO TUDO ACABOU SE FAZENDO A VIDA REAL. E OS MACUMBEIROS, MACUNAÍMA, JAYME OVALLE, MANU BANDEIRA, BLAISE CENDRARS, ASCENSO FERREIRA, RAUL BOPP, TODOS ESSES MACUMBEIROS SAÍRAM NA MADRUGADA.

MACUNAÍMA IA SEGUINDO E TOPOU COM A ÁRVORE VOLOMÃ BEM ALTA. O HERÓI AGUENTAVA FOME...
ME DÁ UMA FRUTA PRA EU COMER.
DOU NÃO!
AH É, JACARÉ?! ENTÃO VÊ SÓ...
BOIÔIÔ, BOIÔIÔ! QUIZAMA QUIZU!
MINHAS FRUTAS!
AAAH, QUE CÊ ME PAGA!
VOLOMÃ ATIROU O HERÓI PRA ALÉM DA BAÍA DE GUANABARA NUMA ILHOTA DESERTA. MACUNAÍMA PENDIA TANTO DE FADIGA QUE PEGOU NO SONO DURANTE O PULO.
PRRRR
PRA
SBLOF!
BRRRR, QUE FRIO...
VEI, A SOL, VINHA CHEGANDO...
ME LEVA DAQUI MADRINHA E DÁ UM FOGUINHO PRA ME ESQUENTÁ?
VEI TOMOU MACUNAÍMA NA JANGADA QUE TINHA E FEZ AS TRÊS FILHAS LIMPAREM O HERÓI, CATAREM OS CARRAPATOS E EXAMINAREM SI AS UNHAS DELE ESTAVAM LIMPAS.

QUANDO EU MORRER NÃO ME CHORES, DEIXO A VIDA SEM SODADE; - MANDU SARARÁ,
AI... QUE PREGUIÇA...
HERÓI, QUER CASAR COM UMA DAS MINHAS FILHAS? O DOTE QUE DOU PRA TI É OROPA FRANÇA E BAHIA. MAS PORÉM VOCÊ TEM DE SER FIEL E NÃO ANDAR ASSIM BRINCANDO COM AS OUTRAS CUNHÃS POR AÍ.
EU ACEITO! E JURO PELA MEMÓRIA DE MINHA MÃE QUE NÃO BRINCO COM MAIS NINGUÉM.
ENTÃO NÓS VAMOS EMBORA FAZER O DIA NO CERRADÃO... TENHA JUÍZO!
PODEIXÁ!
MAS MAL A SOL E AS FILHAS SE FORAM, MACUNAÍMA FICOU CHEIO DE VONTADE DE IR BRINCAR.
POIS QUE FOGO DEVORE TUDO! NÃO SOU FROUXO AGORA PRA MULHER ME FAZER MAL!
MAIS TARDE, NA BOCA-DA-NOITE...
ARA, ARA, ARA, POIS NÃO FALEI PRA VOCÊ NÃO DAR EM CIMA DE NENHUMA CUNHÃ NÃO!... FALEI SIM!
ESTAVA MUITO TRISTINHO!
POIS SI VOCÊ TIVESSE ME OBEDECIDO CASAVA COM UMA DAS MINHAS FILHAS E HAVIA DE SER SEMPRE MOÇO E BONITÃO.
AGORA VOCÊ FICA POUCO TEMPO MOÇO IGUAL OS OUTROS E DEPOIS VAI FICANDO SEM GRAÇA NENHUMA.
SI EU SUBESSE...
"SI EU SUBESSE" É SANTO QUE NUNCA NÃO VALEU PRA NINGUÉM, MEUS CUIDADOS! NÃO TE DOU MAIS NENHUMA DAS MINHAS FILHAS NÃO!
POIS NEM EU QUERIA NENHUMA DAS TRÊS, SABE! TRÊS, DIABO FEZ!
ENTÃO VEI COM AS TRÊS FILHAS FORAM PEDIR POUSO NUM HOTEL E DEIXARAM MACUNAÍMA DORMIR COM A CUNHÃ NA JANGADA. NO OUTRO DIA MACUNAÍMA NÃO ACHOU MAIS GRAÇA NA CAPITAL DA REPÚBLICA E VOLTOU PRA TABA DO IGARAPÉ TIETÊ.

Ás mui queridas súbditas nossas,
Senhoras Amazonas.
Trinta de Maio de Mil Novecentos e
Vinte e Seis, São Paulo.
Senhoras:
Não pouco vos surpreenderá, por certo,
o endereço e a literatura desta missiva.
Cumpre-nos, entretanto, iniciar estas
linhas de saüdade e muito amor, com
desagradável nova. É bem verdade que
na boa cidade de São Paulo — a maior
do universo, no dizer de seus prolixos
habitantes — não sois conhecidas por
"icamiabas", voz espúria, sinão que
pelo apelativo de Amazonas;
O que vos interessará mais, por
sem dúvida, é saberdes que os
guerreiros de cá não buscam
mavórticas damas para o enlace
epitalâmico; mas antes as preferem
dóceis e facilmente trocáveis por
pequeninas e voláteis folhas de papel
a que o vulgo chamará dinheiro...
Estávamos ainda abatido por termos
perdido a nossa muiraquitã,
quando se nos deparou em sonho
um arcanjo maravilhoso. Por ele
soubemos que o talismã perdido,
estava nas dilectas mãos do doutor
Venceslau Pietro Pietra. E como
o doutor demorasse na ilustre
cidade anchietana, sem demora
nos partimos para cá, em busca do
velocino roubado.
Muito estimaríamos que compartilhásseis
da nossa desconfiança, senhoras Amazonas,
e que convidasseis também algumas dessas
damas para demorarem nas vossas terras
e Império nosso, por que aprendais com
elas um moderno e mais rendoso gênero
de vida, que muito fará avultar os
tesouros do vosso Imperador.

É São Paulo construída sobre sete colinas, à feição tradicional de Roma, a cidade cesárea, "capita" da Latinidade de que provimos; e beija-lhes os pés a grácil e inquieta linfa do Tietê. Cidade é belíssima, e grato o seu convívio. Toda cortada de ruas habilmente estreitas e tomadas por estátuas e lampiões graciosíssimos e de rara escultura; tudo diminuindo com astúcia o espaço de forma tal, que nessas artérias não cabe a população.
São os Paulistas gente ardida e avalentoada, e muito afeita às agruras da guerra. Vivem em combates singulares e colectivos, todos armados da cabeça aos pés; assim assaz numerosos são os distúrbios por cá, em que, não raro, tombam na arena da luta, centenas de milhares de heróis, chamados bandeirantes.
Tudo vai num descalabro sem comedimento, estamos corroídos pelo morbo e pelos miriápodes! Em breve seremos novamente uma colônia da Inglaterra ou da América do Norte!... Por isso e para eterna lembrança destes paulistas, que são a única gente útil do país, e por isso chamados de locomotivas, nos demos ao trabalho de metrificarmos um dístico, em que se encerram os segredos de tanta desgraça: "POUCA SAÚDE E MUITA SAÚVA, OS MALES DO BRASIL SÃO."
Recebei a bênção do vosso Imperador e mais saúde e fraternidade. Acatai com respeito e obediência estas mal traçadas linhas; e, principalmente, não vos esqueçais das alvíssaras, de que muito bemos mister. Ci guarde a Vossas Excias. Macunaíma, Imperator.

VENCESLAU PIETRO PIETRA FICARA MUITO DOENTE COM A SOVA. PASSOU MESES NA REDE. MACUNAÍMA NÃO PODIA NEM DAR PASSO PRA CONSEGUIR A MUIRAQUITÃ AGORA GUARDADA DENTRO DO CARAMUJO POR DEBAIXO DO CORPO DO GIGANTE.
MACUNAÍMA APROVEITAVA A ESPERA SE APERFEIÇOANDO NAS DUAS LÍNGUAS DA TERRA, O BRASILEIRO FALADO E O PORTUGUÊS ESCRITO.
AFINAL CHEGOU O DOMINGO PÉ-DE-CACHIMBO QUE ERA DIA DO CRUZEIRO, FERIADO NOVO INVENTADO PROS BRASILEIROS DESCANSAREM MAIS. ENTÃO PRA ESPAIRECER MACUNAÍMA FOI NO PARQUE VER OS FOGOS.
EM NOITE SEM NUVEM NEM CAPEI SE PODE VER TODOS OS CONHECIDOS...
...OS PAIS DAS ÁRVORES OS PAIS DAS AVES OS PAIS DAS CAÇAS...
...PAIS MÃES TIAS CUNHADAS...
...E CI, A MARVADA!
MEUS SENHORES, AQUELAS QUATRO ESTRELAS RUTILANTES COMO LÁGRIMAS ARDENTES SÃO O SACROSSANTO E TRADICIONAL CRUZEIRO QUE...
?
QUE? AQUELAS QUATRO ALI? CRUZEIRO NADA!...
...O SÍMBOLO MAIS SUBLIME E MARAVILHOSO DA NOSSA AMA-MADA PÁTRIA...
É AQUELE MISTERIOSO CRUZEIRO LUCILANTE QUE...
NÃO É NÃO!
NÃO É NÃO!
...SUAS... QUA... ...TRO CLARAS LANTEJOULAS DE PRAT...
NÃO É NÃO!
PSIU!
PSIU!
NAN SCULHAMBA!
NÃO É NÃO! MEUS SENHORES E MINHAS SENHORAS! AQUELAS QUATRO ESTRELAS LÁ É O PAI DO MUTUM!

ISSO FOI NO TEMPO EM QUE OS ANIMAIS JÁ NÃO ERAM MAIS HOMENS E SUCEDEU NO MATO FULANO. UMA FEITA, ESTAVA PAUÍ-PÓDOLE PIANDO NO ALTO DUMA ACAPU...
FIUU!!
...QUANDO POR DEBAIXO PASSOU O CATIMBOZEIRO CAMÃ-PABINQUE...
VOU DAR CAÇA AO PÁSSARO CANTADOR...
FIUU!!
TÁ MUITO LÁ EM RIBA.
FIIIUU!!
E PAUÍ-PÓDOLE ERA O PAI DO MUTUM!
ENTÃO O FEITICEIRO VIROU NA TOCANDEIRA ILAGUE E FOI SUBINDO PELO PAU MAS O PAI DO MUTUM ENXERGOU A FORMIGONA E...
FIUÚ!!
ENTÃO CAMÃ VIROU NA TACURI OPALÁ MENORZINHA E FOI SUBINDO OUTRA VEZ, PORÉM PAUÍ TORNOU A ENXERGAR A FORMIGA...
FIIIÚÚ!!
ENTÃO CAMÃ-PABINQUE VIROU NA LAVA-PÉS CHAMADA MEGUE, PEQUETITINHA, SUBIU NA ACAPU, FERROU O PAI DO MUTUM BEM NO FURINHO DO NARIZ...
ATCHIIIÚÚÚ!!
O FEITICEIRO NEM NÃO PÔDE SAIR MAIS DO CORPO DE MEGUE, DO SUSTO QUE PEGOU. E FICOU MAIS ESSA PRAGA DA FORMIGUINHA LAVA-PÉS PRA NÓS... POUCA SAÚDE E MUITA SAÚVA, OS MALES DO BRASIL SÃO!
TÔ CANSADO DE PADECER COM FORMIGA, VOU É MORAR NO CÉU!
COMPADRE VAGA-LUME, TRAZ SUA FAMÍLIA E ME ALUMIA O CAMINHO PRA EU SUBIR PRO CÉU...
UMA NUVEM DE VAGA-LUMES FORAM ALUMIANDO CAMINHO UNS PROS OUTROS. FIZERAM, GOSTARAM DE LÁ E NUNCA MAIS VOLTARAM...
AQUELAS QUATRO ESTRELAS NÃO É CRUZEIRO, QUE CRUZEIRO NADA! É O PAI DO MUTUM, MINHA GENTE! É O PAI DO MUTUM QUE PARA NO CAMPO VASTO DO CÉU!...
TEM MAIS NÃO.
O POVO SE RETIROU COMOVIDO, FELIZ NO CORAÇÃO CHEIO DE EXPLICAÇÕES E CHEIO DAS ESTRELAS VIVAS.
MACUNAÍMA TAMBÉM ESTAVA COMOVIDO. OLHOU PRA ALTURA E PAUÍ-PÓDOLE ESTAVA RINDO PRA ELE, AGRADECENDO. DE REPENTE PIOU COMPRIDO E O SOPRO APAGOU TODAS AS LUZES DO PARQUE.

NO OUTRO DIA, MACUNAÍMA NÃO TINHA NADA PRA FAZER. ENTÃO LEMBROU DE UMA VINGANÇA QUE DEVIA AOS MANOS. SAIU CEDO DA MANHÃ E QUANDO VOLTOU...
VOCÊS NÃO VÃO ACREDITAR... ACHEI RASTO FRESCO DE TAPIR NA FRENTE DA BOLSA DE MERCADORIAS!
TAPIR NA CIDADE?!
POIS QUEM PODERIA IMAGINAR, NÉ NÃO?
SIMBORA CAÇAR!
FOI AQUI QUE VOCÊ VIU?
BEM AQUI SIM, PODE PROCURAR...
NÃO VEJO NADA!
CAMPEIA MAIS. VAMOS SER OS PRIMEIROS CAÇADORES DE TAPIR EM SÃO PAULO!
O QUE OS SENHORES ESTÃO FAZENDO?
BUSCANDO RASTO DE TAPIR QUE NOSSO MANO VIU AQUI...
AQUI?
POIS É, QUEM DIRIA...
TAPIR NA CIDADE?
BAIXA E CAMPEIA!
AQUI?
SERÁ?

ONDE QUE VOCÊ ACHOU RASTO DE TAPIR? AQUI NÃO VEJO NADA NÃO!
TETÁPE, DZÓNANEI PEMONÉITE HÊHÊ ZETÉNE NETAÍTE.
E OS MANOS REGATÕES ZANGÕES TEQUE-TEQUES MADALENAS RECOMEÇAVAM PROCURANDO O RASTO. QUANDO CANSAVAM E PARAVAM PRA PERGUNTAR, MACUNAÍMA CAMPEANDO SEMPRE SECUNDAVA...
TETÁPE, DZÓNANEI PEMONÉITE HÊHÊ ZETÉNE NETAÍTE.
E TODO AQUELE MUNDÃO DE GENTE PROCURANDO. QUANDO PARARAM...
OLHA, AQUI NÃO TEM RASTO NENHUM!
TETÁPE, DZÓNANEI PEMO...
O QUE SIGNIFICA ISSO?!
SEI NÃO. APRENDI ESSAS PALAVRAS QUANDO ERA PEQUENO LÁ EM CASA.
QUE TAPIR NADA!
TÁ DE BRINCADEIRA!
CALMA, GENTE! TETÁPE HÊHÊ! NÃO FALEI QUE TEM RASTO DE TAPIR NÃO, FALEI QUE TINHA! AGORA NÃO TEM MAIS NÃO.
ISSO NÃO FICA ASSIM NÃO! POIS ENTÃO A GENTE VIVE TRABUCANDO PRA GANHAR O PÃO NOSSO E VAI UM INDIVÍDUO TIRA A GENTE O DIA INTEIRO DO TRABALHO SÓ PRA CAMPEAR RASTO DE TAPIR!
MAS EU NÃO PEDI PRA NINGUÉM PROCURAR RASTO, MOÇO, ME DESCULPE! MEUS MANOS MAANAPE E JIGUÊ É QUE ANDARAM PEDINDO, EU NÃO! CULPA É DELES!
LINCHA! LINCHA!
QUE LINCHA NADA!
VERGONHA! O TRABALHO HONESTO DO POVO É PERTURBADO POR UM DESCONHECIDO...
DESCONHECIDO?!
DESCONHECIDA É A SENHORA VOSSA MÃE, OUVIU!
PIMBA!

BIFA!
PRRRENDE!!!!
TUM!
SOC!
PÓIN!
TA-BEF!
CHUT!
PÉIN!

VOU BISBILHOTAR PRA VER A QUANTAS ANDA VENCESLAU PIETRO PIETRA...
OLHA ISSO, TOMANDO UMA FRESCA FAMILIAR.
NISSO, IA PASSANDO POR ALI O CURUMI CHUVISCO...
QUE QUE VOCÊ ESTÁ FAZENDO AÍ, CONHECIDO!
ESTOU ASSUSTANDO O GIGANTE PIAIMÃ COM SUA FAMÍLIA.
QUAL! NÃO VÊ QUE GIGANTE NÃO TEM MEDO DE TI!
QUER APOSTAR? EU FAÇO E ACONTEÇO E GARANTO QUE PIAIMÃ VAI PRA DENTRO COM MEDO DE MIM. ESCONDE LÁ PERTO PRA ESCUTAR SÓ O QUE ELES FALAM.
O CURUMI VIROU NUMA GOTA E PINGOU RENTE DE VENCESLAU PIETRO PIETRA COM A COMPANHEIRA E AS FILHAS.
ENTÃO MACUNAÍMA PEGOU NA PRIMEIRA PALAVRA-FEIA DA COLEÇÃO E JOGOU NA CARA DE PIAIMÃ.
HMPF!
MACUNAÍMA CHIMPOU OUTRA BOCAGEM MAIS FEIA NA CAAPORA.
TSC...
ENTÃO MACUNAÍMA JOGOU TODA A COLEÇÃO DE BOCAGENS E ERAM DEZ MIL VEZES DEZ MIL BOCAGENS.
TIVERAM MEDO OU NÃO?
MEDO NADA! ELE ATÉ MANDOU GUARDAR AS BOCAGENS NOVAS PRAS FILHAS BRINCAREM.
DE MIM QUE ELES TÊM MEDO, VOCÊ APOSTA? VÁ LÁ PERTO E ESCUTE SÓ.

MACUNAÍMA VIROU NUM CAXIPARA QUE É O MACHO DA FORMIGA SAÚVA E FOI SE ENROSCAR NA RAMA DE ALGODÃO ACOLCHOANDO O GIGANTE.
VAM'BORA, GENTE!
VIU SÓ! A FAMÍLIA DO GIGANTE TEM MEDO DE CHUVISCO MAS DE PALAVRA-FEIA NÃO. RÁ! RÁ! RÁ!
ME DIGA UMA COISA: VOCÊ CONHECE A LÍNGUA DO LIM-PIM-GUA-PÁ?
NUNCA VI MAIS GORDO!
POIS ENTÃO VÁ-PÁ-À-PÁ MER-PER-DA-PÁ!

NO OUTRO DIA FALOU PROS MANOS QUE IA PESCAR PEIXÕES NO IGARAPÉ TIETÊ.
NÃO VÁ, HERÓI, QUE VOCÊ TOPA COM A VELHA CEIUCI MULHER DO GIGANTE. TE COME, HEIM!
VAI SER AQUI DE CIMA DESSE MUTÁ.
Ô, DESGRAÇA!
BOM DIA, MINHA VÓ.
VEM CÁ, MEU NETO.
NÃO VOU LÁ NÃO.
ENTÃO MANDO MARIMBONDOS.
BZZZ!!
BZZZZ!!
TCHIBUM!
VOU CHAMAR MINHA FILHA MAIS VELHA QUE É HABILIDOSA PRA ME AJUDAR A COZINHAR O PATO QUE EU CACEI...
NISSO PASSOU A MAIS NOVA QUE NÃO ERA NADA HABILIDOSA E SÓ SABIA SUSPIRAR...
?
ME ESCONDE!

ENTÃO A MOÇA QUE ESTAVA MUI BONDOSA LEVOU MACUNAÍMA PRO QUARTO E BRINCARAM. AGORA ESTÃO SE RINDO UM PRO OUTRO.
MINHA FILHINHA NOVA, ENTREGA JÁ MEU PATO QUE SINÃO ENXOTO VOCÊ DA CASA MINHA PRA TODO O SEMPRE!
VOU DIZER TRÊS ADIVINHAS, SI VOCÊ DESCOBRE, TE DEIXO FUGIR. O QUE É QUE É: É COMPRIDO ROLIÇO E PERFURADO, ENTRA DURO E SAI MOLE, SATISFAZ O GOSTO DA GENTE E NÃO É PALAVRA INDECENTE?
AH! ISSO É INDECÊNCIA SIM!
BOBO! É MACARRÃO!
O QUE É QUE É: QUAL O LUGAR ONDE AS MULHERES TÊM CABELO MAIS CRESPINHO?
Ô, QUE BOM! ISSO EU SEI! É AÍ!
CACHORRO! É NA ÁFRICA!
AGORA É A ÚLTIMA. O QUE QUE É: "MANO, VAMOS FAZER AQUILO QUE DEUS CONSENTE: AJUNTAR PELO COM PELO, DEIXAR O PELADO DENTRO."
AH, MAS ISSO QUEM NÃO SABE... VOCÊ É BEM SEM-VERGONHA, DONA!
DESCOBRIU. NÃO É DORMIR AJUNTANDO OS PELOS DAS PESTANAS E DEIXANDO O OLHO PELADO DENTRO QUE VOCÊ ESTÁ IMAGINANDO? POIS SI VOCÊ NÃO ACERTASSE PELO MENOS UMA DAS ADIVINHAS TE ENTREGAVA PRA GULOSA DE MINHA MÃE.
AGORA FUJA SEM ESCARCÉU, SEREI EXPULSA, VOAREI PRO CÉU. NA ESQUINA VOCÊ ENCONTRA UNS CAVALOS. TOME O CASTANHO-ESCURO QUE PISA NO MOLE E NO DURO. ESSE É BOM. SI VOCÊ ESCUTA UM PASSARINHO GRITANDO, "BAÚA! BAÚA!" ENTÃO É A VELHA CEIUCI CHEGANDO.
CAVALO CARDÃO-PEDRÊS PRA CARREIRA DEUS O FEZ!
BAÚA! BAÚA!

PERTO DE MENDOZA, NA ARGENTINA.
ME ESCONDAM, PADRES!
NÃO VIRAM MEU NETO PASSAR POR AQUI NO SEU CAVALINHO?
JÁ PASSOU.
ENTÃO A VELHA APEOU DO TAPIR E MONTOU NUM CAVALO GÁZEO-SARARÁ QUE NUNCA PRESTOU NEM PRESTARÁ.
PEGA ESSE CAVALO MELADO-CAXITO QUE TANTO É BOM COMO É BONITO.
BAÚA! BAÚA!
CEARÁ
PIAUÍ
PARAÍBA
PERNAMBUCO
ME ESCONDE, SURUCUCU!
NÃO VIU MEU NETO PASSAR POR AQUI NO SEU CAVALINHO?
JÁ PASSOU.
A GULOSA APEOU DO GÁZEO-SARARÁ E MONTOU NUM CAVALO BEBE-EM-BRANCO QUE É CAVALO MANCO E SEGUIU.
MACUNAÍMA AMONTOU NUM BAGUAL CARDÃO-RODADO QUE NUNCA PODE ESTAR PARADO.
PRA OUTRA BANDA DO RIO CHUÍ!
PRIMO TUIUIÚ, VOCÊ ME LEVA PRA CASA?
POIS NÃO!
O TUIUIÚ SE TRANSFORMOU NA MÁQUINA AEROPLANO E ERGUERAM VOO.
OLHA, PRIMO, PAGAR NÃO POSSO NÃO MAS VOU TE DAR UM CONSELHO QUE VALE OURO: NESTE MUNDO TEM TRÊS BARRAS QUE SÃO A PERDIÇÃO DOS HOMENS: BARRA DE RIO, BARRA DE OURO E BARRA DE SAIA, NÃO CAIA!

NOUTRA FEITA, MACUNAÍMA FOI SABER O QUE TINHA SUCEDIDO PRO GIGANTE. NÃO TINHA NINGUÉM NO PALÁCIO E A COPEIRA DO VIZINHO CONTOU...
PIAIMÃ FOI COM TODA A FAMÍLIA PRA EUROPA DESCANSAR DA SOVA.
ENTÃO VOLTOU MACAMBÚZIO PRA PENSÃO...
AGORA NUNCA MAIS QUE EU RECUPERO MINHA MUIRAQUITÃ!...
POIS É, MEUS CUIDADOS, VOCÊ ANDOU LERDEANDO, COZINHANDO GALO, O GIGANTE É QUE NÃO HAVIA DE ESPERAR, FOI-SE.
JÁ SEI! INDA SOBRARAM QUARENTA CONTOS DO CACAU VENDIDO. PODEMOS VIAJAR PRA EUROPA TAMBÉM!
TEM COISA MILHOR. MACUNAÍMA FINGE DE PIANISTA, ARRANJA UMA PENSÃO DO GOVERNO E VAI SOZINHO.
MAS PRA QUÊ TANTA COMPLICAÇÃO SI DINHEIRO A GENTE TEM?
CLARO QUE TEM, PORÉM MANO SEGUINDO COM ARAME DO GOVERNO NÃO É MILHOR?
ENTÃO FINJO DE PINTOR QUE É MAIS BONITO!
NO OUTRO DIA PRA ESPERAR A NOMEAÇÃO O HERÓI MATOU O TEMPO INDO NA CANTAREIRA PASSEAR. FOI QUANDO APARECEU UM TEQUE-TEQUE ANDARENGO...
BOM DIA, CONHECIDO, COMO LE VAI, MUITO OBRIGADO, BEM. TRABALHANDO, NÃO?
QUEM NÃO TRABUCA NÃO MANDUCA.
É MESMO. BOM, TÉ-LOGUINHO.
LÉGUA E MEIA ADIANTE...
BOM DIA, CONHECIDO, COMO LE VAI, MUITO OBRIGADO, BEM. SI VOCÊ QUER TE VENDO MEU MICURA.
QUE QUE VOU FAZER COM UM BICHO TÃO PIXENTO?!
TEM ACA MAS É COISA MUITO BOA! QUANDO FAZ NECESSIDADE SÓ PRATA QUE SAI! REPARA SÓ...
QUANTO CUSTA?
QUATROCENTOS CONTOS.
SÓ TENHO TRINTA.
POIS PRA FICAR FREGUÊS DEIXO POR TRINTA PRA VOCÊ!

NA PENSÃO...
UÉ, MANOS, E ESSE TAMANHÃO TODO?
ESPICHAMOS DE DESAPONTO! O GOVERNO JÁ TEM MIL VEZES MIL PINTORES COM PENSÃO PRA IR PRA EUROPA. O MANO VAI SER NOMEADO SÓ NO DIA DE SÃO NUNCA!
TEM PROBLEMA, NÃO. COMPREI DE PECHINCHA ESSE GAMBÁ MÁGICO QUE QUANDO FAZ NECESSIDADES É SÓ PRATA QUE SAI. APERTA ELE AÍ...
PRRR!
TEQUE-TEQUE ME EMBROMOU! QUARENTA CONTOS ME CUSTOU!
ENTÃO OS IRMÃOS SE DESCABELARAM. AGORA NÃO ERA POSSÍVEL MAIS IREM NA EUROPA NÃO, PORQUE POSSUÍAM SÓ A NOITE E O DIA.
PACIÊNCIA, MANOS! NÃO VOU NA EUROPA NÃO. SOU AMERICANO E MEU LUGAR É NA AMÉRICA. A CIVILIZAÇÃO EUROPEIA NA CERTA ESCULHAMBA A INTEIREZA DO NOSSO CARÁTER.
DURANTE UMA SEMANA OS TRÊS VARARAM O BRASIL TODO CAMPEANDO PRA VER SI NÃO ACHAVAM ALGUMA PANELA COM DINHEIRO ENTERRADO. NÃO ACHARAM NADA.
PACIÊNCIA, MANOS! JOGAMOS NO BICHO!
NOUTRA FEITA, O HERÓI ESTAVA PERAMBULANDO E PENSANDO NA INJUSTIÇA DOS HOMENS, QUANDO...
O QUE VOCÊ ESTÁ FAZENDO AÍ, MEU TIO!
ESTOU QUEBRANDO OS MEUS TOALIQUIÇUS PRA COMER.
O MACACO MONO PEGOU UMA PEDRA E JUQUE, FINGIU ACERTAR SEUS TOALIQUIÇUS. ENTÃO DEU UM COQUINHO QUE JÁ TINHA ESCONDIDO NA MÃO PRA MACUNAÍMA PROVAR...
É BOM MESMO, TIO! TEM MAIS?
SE ACABOU MAS SI O MEU ERA GOSTOSO QUE FARÁ OS VOSSOS! COME ELES, SOBRINHO!
NÃO DÓI NÃO?
QUAL, SI ATÉ É AGRADÁVEL!...

VOCÊ TEM MESMO CORAGEM, SOBRINHO?
BONI-T-O-TÓ MACAXEIRA MOCOTÓ!
JUQUE!
NÃO FALEI QUE TU MORRIAS! FALEI! NÃO ME ESCUTAS! ESTÁS VENDO O QUE SUCEDE PROS DESOBEDIENTES?
O ADVOGADO FULANO QUE PASSAVA POR ALI TOPOU COM O DEFUNTO. ABAIXOU, TIROU A CARTEIRA DO CADÁVER PORÉM SÓ TINHA CARTÃO DE VISITA. ENTÃO RESOLVEU LEVAR O DEFUNTO PRA PENSÃO, FEZ.
MAANAPE CHOROU MUITO SE ATIRANDO SOBRE O CORPO DO MANO. DEPOIS DESCOBRIU O ESMAGAMENTO.
A SENHORA DONA DA PENSÃO POR ACASO TERIA DOIS COCOS DA BAHIA?
O MANO PEGOU OS COCOS E AMARROU COM NÓ CEGO NO LUGAR DOS TOALIQUIÇUS... MAANAPE ERA FEITICEIRO.
O QUE FOI?...
MANO ANDOU GAUDERIANDO PRO LADO DE LÁ OUTRA VEZ... UM DIA NÃO VOLTA MAIS.
ME DÁ PALPITE DE CENTENA PRA JOGAR NO BICHO?
O HERÓI FOI ATÉ UM CHALÉ JOGAR E JOGOU. DE-TARDE QUANDO VIRAM, A CENTENA TINHA DADO MESMO. E ASSIM ELES VIVERAM COM OS PALPITES DO MANO MAIS VELHO. MAANAPE ERA FEITICEIRO.

NO OUTRO DIA POR CAUSA DA MACHUCADURA MACUNAÍMA AMANHECEU COM UMA GROSSEIRA PELO CORPO TODO. ERA A ERISIPA, DOENÇA COMPRIDA. O HERÓI PASSOU UMA SEMANA DE CAMA.
COMO PASSOU A NOITE?
SONHEI COM EMBARCAÇÕES OUTRA VEZ.
NA CERTA QUE ISSO É VIAGEM POR MAR.
NO FIM DA SEMANA O HERÓI ESTAVA DESCASCANDO BEM E FOI NA CIDADE BUSCAR SARNA PRA SE COÇAR. ANDOU BANZANDO, E PAROU NO PARQUE DO ANHANGABAÚ.
AI QUE FADIGA. MELHOR DESCANSO UM POUQUITIM POR AQUI...
PAROU BEM DEBAIXO DO MONUMENTO A CARLOS GOMES QUE FORA UM MÚSICO MUITO CÉLEBRE E AGORA ERA UMA ESTRELINHA DO CÉU.
?
OPA!
QUÉ ISSO?
QUEM VEM LÁ?
QUE FOI, HERÓI?
OLHA LÁ!... OLHA O VATICANO MACOTA QUE VEM VINDO SOBRE AS ÁGUAS IMENSAS DO MAR!
POR DETRÁS DO CAVALO DE ESTIBORDO!
AONDE?
É O PIRÓSCAFO CONTE VERDE!
E ERA A MÃE-D'ÁGUA QUE VINHA BANCANDO PIRÓSCAFO PRA ATENTAR O HERÓI.

ADEUS, GENTE! VOU PRA EUROPA QUE É MILHOR! VOU EM BUSCA DE VENCESLAU PIETRO PIETRA QUE É O GIGANTE PIAIMÃ COMEDOR DE GENTE!
DESCE A ESCADINHA, CAPITÃO!
BÚÚÚÚÚÚ!!
EI, O QUE HÁ?! VOLTEM AQUI! EU SOU MACUNAÍMA, O HERÓI!
QUE HORROR! ESTÃO TODOS ERISIPELADOS!
BZZZZ!!
BORRACHUDO!
MOSQUITO!
MUTUCA!
FUJAM!

NO OUTRO DIA...
ÓIA! UM PASSARINHO VERDE, QUE ALEGRIA!
MANO, TU VIU O QUE DIZ AQUI NA MÁQUINA JORNAL?
VENCESLAU PIETRO PIETRA E FAMÍLIA REGRESSAM DE VIAGEM À EUROPA
ARRÁ! AGORA NÃO TEM MAIS CONTEMPLAÇÃO, VOU LÁ E MATO O GIGANTE!
CHEGOU NA CASA DO GIGANTE JÁ NA BOCA-DA-NOITE...
VOU FICAR AQUI DE TOCAIA. DE HOJE ELE NÃO ME ESCAPA!
HORAS DEPOIS...
AI QUE CANSEIRA DESSA NADA PRA FAZER...
MAS NÃO DURMO, NÃO...
NÃO DEMOROU MUITO VIU UM VULTO CHEGANDO...
É EMORON-PÓDOLE, O PAI DO SONO.
VOU FICAR BEM PARADO, QUANDO ELE CHEGAR, JUQUE, ACABO COM ELE!
EMORON-PÓDOLE VEIO VINDO VEIO VINDO...
UFA! QUE SUSTO!

ORA VEJA SÓ! NÃO PEGUEI MAS QUASE...
MMM, ESSE CORGUINHO, ESSA CALMARIA. O PAI DO SONO DEVE TÁ AMOITADO POR AQUI.
VOU ESPERAR OUTRA VEZ E MACACOS ME LAMBAM SI AGORA NÃO PEGO E ENFORCO ELE!
DALI A POUCO...
AQUELE SUJEITO NÃO TÁ MORTO NÃO. MORTO QUE NÃO ARROTA ONDE SE VIU!
!
BRÔÔÔ!!
ONDE SE VIU MORTO ARROTAR, GENTES!
POR ISSO QUE O PAI DO SONO INDA EXISTE E OS HOMENS POR CASTIGO NÃO PODEM DORMIR EM PÉ.
MACUNAÍMA IA FICAR DESAPONTADO COM O SUCEDIDO QUANDO...
?
ISSO É COMIGO, COLEGA! SOU FRANCESA NÃO!
SAI AZAR!
VIU ALGUMA COISA, PAU?
VI A GRAÇA DELA!
QUÁ! QUÁ! QUÁ! QUÁ!

MACUNAÍMA CHEGAVA, ESPERANDO. QUANDO VIU QUE O CASAL TINHA ACABADO DE BRINCAR...
FAZ TRÊS DIAS QUE NÃO COMO, SEMANA QUE NÃO ESCARRO, ADÃO FOI FEITO DE BARRO, SOBRINHO, ME DÁ UM CIGARRO.
ME DESCULPE, MEU PARENTE, SI CIGARRO NÃO LHE DOU; A PALHA O FOSFRE E O GOIANO CAIU N'ÁGUA, SE MOLHOU.
NÃO SE INCOMODE QUE EU TENHO. TÓ...
POIS ENTÃO VOU LHES CONTAR UM CASO QUE É PRO TEMPO NÃO DEMORAR PRA PASSAR.
NO TEMPO DE DANTES, MOÇOS, O AUTOMÓVEL NÃO ERA UMA MÁQUINA QUE NEM HOJE NÃO, ERA A ONÇA-PARDA.
SE CHAMAVA PALAUÁ E PARAVA NO GRANDE MATO FULANO. VAI, PALAUÁ FALOU PROS OLHOS DELA:
VÃO NA PRAIA DO MAR, MEUS VERDES OLHOS, DEPRESSA DEPRESSA!
OS OLHOS FORAM E A ONÇA-PARDA FICOU CEGA. PORÉM LEVANTOU O FOCINHO, FEZ ELE CHEIRAR O VENTO E PERCEBEU QUE AIMALÁ-PÓDOLE, O PAI DA TRAÍRA ESTAVA NADANDO LÁ NO LONGE DO MAR E GRITOU:
VENHAM DA PRAIA DO MAR, MEUS VERDES OLHOS, DEPRESSA DEPRESSA!
PASSAVA POR ALI A TIGRE PRETA QUE ERA MUITO FEROZ E FALOU PRA PALAUÁ:
O QUE VOCÊ ESTÁ FAZENDO, COMADRE?
ESTOU MANDANDO MEUS OLHOS OLHAREM O MAR.
ENTÃO MANDA OS MEUS TAMBÉM, COMADRE!
MANDO NÃO PORQUE O PAI DA TRAÍRA ESTÁ NA PRAIA DO MAR!
MANDA QUE SINÃO TE ENGULO, COMADRE!
VÃO NA PRAIA DO MAR, AMARELOS OLHOS DE MINHA COMADRE TIGRE, DEPRESSA DEPRESSA!
OS OLHOS FORAM E A TIGRE PRETA FICOU CEGA. AIMALÁ-PÓDOLE ESTAVA LÁ E...
JUQUE!
PALAUÁ MALICIOU TUDO PORQUE O PAI DA TRAÍRA ESTAVA CHEIRANDO MUI FORTE. FOI TRATANDO DE SE RASPAR...
ESPERA UM POUCO, COMADRE!
CAREÇO DE BUSCAR JANTA PRA MEUS FILHOS, COMADRE.

PRIMEIRO MANDA MEUS OLHOS VOLTAREM, COMADRE, QUE JÁ TOMEI UM FARTÃO DE ESCUREZA.
VENHAM DA PRAIA DO MAR, AMARELOS OLHOS DE MINHA COMADRE TIGRE, DEPRESSA DEPRESSA!
PORÉM OS OLHOS NÃO VOLTARAM...
AGORA QUE TE ENGULO, COMADRE!
PALAUÁ CORREU LÉGUA E MEIA OLHOU PRA TRÁS. A TIGRE PRETA VINHA PERTO. VAI, PALAUÁ CHEGOU NUM MORRO E TOPOU COM UMA BIGORNA GIGANTE E QUATRO RODAS ESQUECIDAS. ENTÃO PALAUÁ AMARROU ELAS NOS PÉS PRA PODER DESLIZAR SEM MUITO ESFORÇO E DEU UMA CHISPADA MÃE!
BATEU FOME EM PALAUÁ. A TIGRE NA COLA DELA. VAI, EM DE MAIS LONGE QUANDO PASSOU PELA BARRA DO BOIPEBA, VIU UM MOTOR PERTO E ENGOLIU O TAL. NEM BEM MOTOR CAIU NA BARRIGA DA ONÇA QUE A POBRE CRIOU FORÇA NOVA E CHISPOU.
FEZ LÉGUA E MEIA E OLHOU PRA TRÁS. ISSO A TIGRE PRETA VINHA FEITA PRA CIMA DELA. VAI, ELA ABOCANHOU DOIS VAGA-LUMES E SEGUIU COM ELES NOS DENTES PRA ALUMIAR CAMINHO.
NEM BEM FEZ OUTRA LÉGUA E MEIA OLHOU PRA TRÁS. A TIGRE JUNTO. VAI, PALAUÁ INGERIU UM PURGANTE DE ÓLIO DE MAMONA, PEGOU NUMA LATA DA ESSÊNCIA CHAMADA GASOLINA, DESPEJOU NO X E LÁ FOI FUOM-FUOM! QUE NEM BURRO PEIDORREIRO POR AÍ.
BRRRRUUUUMMMM!!!
A TIGRE PRETA FICOU TODA ATRAPALHADA POR CAUSA QUE ERA CEGA E NÃO CHEIRAVA MAIS A CATINGA DA COMADRE. PALAUÁ CORREU MAIS MUITO E OLHOU PRA TRÁS. NÃO ENXERGOU A TIGRE. TAMBÉM NEM NÃO PODIA MAIS CORRER COM AS FUÇAS FUMEGANDO DE QUENTURA. VAI, A BICHA DERRAMOU ÁGUA NO FOCINHO E DESESQUENTOU. DEPOIS CORTOU UMA FOLHA DE BANANA-FIGO E SE ESCONDEU BOTANDO ELA POR RIBA FEITO CAPOTE. DORMIU ASSIM.
A TIGRE PRETA ATÉ PASSOU POR ALI, ONÇA NEM PIO. E A OUTRA PASSOU NÃO PRESENCIANDO A COMADRE. ENTÃO DE MEDO A ONÇA NUNCA MAIS QUE LARGOU DE TUDO O QUE TINHA AJUDADO ELA FUGIR.
E INDA TOMOU NOME ESTRANHO PRA DISFARÇAR MAIS. É A MÁQUINA AUTOMÓVEL.

MAIS TARDE A ONÇA PARIU UMA NINHADA ENORME. TEVE FILHOS E FILHAS. UNS MACHOS OUTROS FÊMEAS. POR ISSO QUE A GENTE FALA "UM FORDE" E FALA "UMA CHEVROLÉ"...
TEM MAIS NÃO.
SEU GIGANTE CHEGOU DE VIAGEM, VAMOS SABER COMO ESTÁ?
VAMOS LÁ DENTRO?
POIS NÃO!
BEM NO MEIO DO HOL SE VIA UM BURACO ENORME TENDO POR CIMA UM CIPÓ DE JAPECANGA FEITO BALANÇO.
QUER QUE EU BALANCE UM BOCADO?
VUM!
VUM!
VUM!
JAPECANGA TEM ESPINHO...
CHEGA! JÁ ESTOU SATISFEITO!

ENTÃO PIAIMÃ DEU UM ARRANCO MUITO FORTE...
AAAAAAAA!!!
¡BLOF!
RÊ, RÊ! MOLHO ENGROSSANDO!
VAMOS LÁ DENTRO?
AI!... QUE PREGUIÇA!...
ORA VAMOS!...
POIS SIM...
FAZ ISSO NÃO, PATRÍCIO!
VUP!
QUER BALANGAR?

POR DEBAIXO DA ESCADA DO HOL TINHA UMA GAIOLA DE OURO COM PASSARINHOS CANTADORES. E OS PASSARINHOS DO GIGANTE ERAM COBRAS E LAGARTOS.
QUER VIR BALANGAR NO BALANÇO?
FALTA CINCO...
AFINAL AS COBRAS SE ACABARAM E O HERÓI CHEIO DE RAIVA OLHOU PRO GATUNO DA MUIRAQUITÃ E ROSNOU...
HHHM... QUE PREGUIÇA!
ORA, VENHA BALANGAR. VENHA!
EU ATÉ QUE NEM NÃO SEI BALANÇAR. MILHOR VOCÊ VAI PRIMEIRO!
É FÁCIL QUE NEM BEBER ÁGUA.
ASSUBA NA JAPECANGA, PRONTO: EU BALANÇO!
ENTÃO ACEITO...
PORÉM VOCÊ VAI PRIMEIRO, GIGANTE.
PRIMEIRO O HERÓI!
PRIMEIRO O GIGANTE.
O HERÓI!
O GIGANTE!
O HERÓI!

"BÃO-BA-LÃO
SENHOR CAPITÃO,
ESPADA NA CINTA
GINETE NA MÃO!"
PARA!
PARA!
MACUNAÍMA BALANÇOU ATÉ O GIGANTE FICAR BEM TONTO E ENTÃO DEU UM ARRANCO FORTÍSSIMO NA JAPECANGA.
VUPT!
LEM LEM LEM...
SI DESTA ESCAPAR, NUNCA MAIS COMO NINGUÉM!
JUQUE!!
SUBIU NO AR UM CHEIRO TÃO FORTE DE COURO COZIDO QUE MATOU TODOS OS TICO-TICOS DA CIDADE E O HERÓI TEVE UMA SAPITUCA.
PIAIMÃ SE DEBATEU MUITO E JÁ ESTAVA MORRE NÃO MORRE. NUM ESFORÇO GIGANTESCO INDA SE ERGUEU NO FUNDO DO TACHO E EXCLAMOU...
FALTA QUEIJO!
E ESTE FOI O FIM DE VENCESLAU PIETRO PIETRA QUE ERA O GIGANTE PIAIMÃ COMEDOR DE GENTE.

ONDIQUITÁ?
ONDIQUITÁ?
ONDIQUITÁ?
MUIRAQUITÃ, MUIRAQUITÃ
DE MINHA BELA, VEJO VOCÊ
MAS NÃO VEJO ELA!...

ENTÃO OS TRÊS MANOS VOLTARAM PRA QUERÊNCIA DELES. ESTAVAM SATISFEITOS PORÉM O HERÓI INDA MAIS CONTENTE QUE OS OUTROS PORQUE TINHA OS SENTIMENTOS QUE SÓ UM HERÓI PODE TER: UMA SATISFA IMENSA. PARTIRAM.
AH, CIDADE MACOTA DOS FILHOS DA MANDIOCA...
POUCA SAÚDE E MUITA SAÚVA, OS MALES DO BRASIL SÃO...

DESCIAM O ARAGUAIA.
VEI, A SOL, DAVA LAMBADAS NO COSTADO RELUMEANDO SUOR DOS MANOS.
ERA UM CALORÃO MOLHADO FAZENDO FOGO NO DELÍRIO DOS TRÊS.
DEIXA COMIGO QUE SOU IMPERADOR DESSES MATOS...
EROPITA BOIAMOREBO!
A RUIVOR VEIO VINDO VEIO VINDO...
...E ERA O BANDO DE ARARAS-VERMELHAS E JANDAIAS, TODOS ESSES FALADORES, ERA O PAPAGAIO-TROMBETA ERA O PAPAGAIO--CURRALEIRO ERA O PERIQUITO CUTAPADO ERA O AJURU-CURAU O AJURU-CURICA ARÁRI ARARICA ARARA-TAUA MAITACA CAMIRANGA CANINDÉS TUINS, TODOS ESSES, O CORTEJO SARAPINTADO DE MACUNAÍMA IMPERADOR.

NOUTRA FEITA...
PERAÍ QUE RECONHEÇO ESSE BAMBUZAL...
ENCOSTA AÍ, MANO!
ESPERA UM BOCADINHO.
IRIQUI!
DEMORÔ UM BOCADIM, NÉ.
OLHEM QUEM EU ACHEI!

UMA TARDE...
AI, QUE TÔ ENFARADO DESSA CANOA. PARA NA PRAIA QUE VOU DORMIR EM TERRA FIRME!
DEPOIS DE MUITO CAMPEAR, TOPOU COM UM RANCHO.
QUEM VEM LÁ?
É DE PAZ!
OIBÊ, O MINHOCÃO TEMÍVEL.
ENTRE QUE A CASA É SUA.
VAMOS CONVERSAR?
VAMOS. SOBRE O QUÊ?
VAMOS CONVERSAR PORCARIA?
CHI! GOSTO DISSO QUE É UM HORROR!
E CONVERSARAM UMA HORA DE PORCARIADA.
OIBÊ ESTAVA COZINHANDO A COMIDINHA DELE. MACUNAÍMA NÃO TINHA FOME NENHUMA PORÉM...
JUQUE!
QUE É ISSO?
É FOME!
TOMA AQUI UM BOCADO DE FEIJÃO COM FARINHA. A PACUERA QUE EU TÔ ASSANDO É SÓ PRA MIM!
MACUNAÍMA ENGOLIU TUDO SEM MASTIGAR E NÃO TINHA FOME NENHUMA PORÉM A BOCA DELE FICOU CHEIA DE ÁGUA POR CAUSA DA PACUERA...
JUQUE!
QUE FOI AGORA?
É SEDE!
PERAÍ QUE EU VOU BUSCAR ÁGUA NO POÇO.

QUANDO O MINHOCÃO TROUXE O BALDE MACUNAÍMA BEBEU UM COCO CHEIO.
JUQUE!
QUE MAIS QUE FOI?
É SONO!
TE ACOMODA AQUI NO QUARTO DE HÓSPEDES!
BOA NOITE.
SAFADO! COMEU TODA MINHA JANTA!
VOU DAR UM SUSTO NESSE ESPERTINHO. RÊ! RÊ! RÊ!
VIM BUSCAR MINHA PACUERA-CUERA-CUERA-CUERA, DE-LEM!
TLIM! TLIM! TLIM!
ASSOMBRAÇÃO! AAAAAH!
MINHA PACUERA-CUERA-CUERA-CUERA, DE-LEM!
BLURG!
VRÕIM!
MINHA PACUERA-CUERA-CUERA-CUERA, DE-LEM!

VOU ME ESCONDER COM RAMOS DESSE CARAMBOLEIRO.
JARDINEIRO DE MEU PAI, NÃO ME CORTES MEUS CABELOS...
?
O HERÓI TRAÇOU UMA MANDINGA NO AR E TRANSFORMOU A ÁRVORE...
MMM, QUE PRINCESA TÃO CHIQUE.
VONTADE DANADA DE BRIN...
MINHA PACUERA-CUERA-CUERA-CUERA, DE-LEM!
XI! A IGARITÉ DESCEU O RIO!
ZZZ
ZZZ
ROOONC!
QUANDO PASSARAM RENTE DA IGARITÉ OS MANOS SE ACORDARAM COM OS GRITOS DE MACUNAÍMA E FORAM ATRÁS.
CRETINO! ME TROCOU!
OI QUE SOL DE INVERNO CHUVA DE VERÃO CHORO DE MULHER PALAVRA DE LADRÃO, EI EI EI... NINGUÉM NÃO CAIA NÃO!
IRIQUI FICOU BEM TRISTE, CHAMOU SEIS ARARAS-CANINDÉS E SUBIU COM ELAS PRO CÉU, CHORANDO LUZ VIRADA NUMA ESTRELA. AS CANINDÉS TAMBÉM VIRARAM ESTRELAS. É O SETESTRELO.

NO OUTRO DIA MACUNAÍMA AMANHECEU COM MUITA TOSSE E UMA FEBRINHA SEM PARADA. NUNCA MAIS QUE HAVIA DE SARAR.
VEM, FAZ HORAS QUE A GENTE NÃO BRINCA, HERÓI...
ARA... QUE PREGUIÇA...
ATINGIRAM AS CABECEIRAS DUM RIO E ESCUTARAM PERTO O RUIDEJAR DO URARICOERA. ERA ALI.
CHEGAMOS!
TÁ TUDO VIRADO EM TAPERA!
MACUNAÍMA CHOROU.
NO OUTRO DIA BEM CEDINHO FORAM TODOS TRABUCAR. A PRINCESA FOI NO ROÇADO, MAANAPE FOI NO MATO E JIGUÊ FOI NO RIO...
ENQUANTO O HERÓI...
AI, QUE PREGUIÇA...
ZZZ
TARDE CHEGANDO TODOS VOLTARAM PRA TAPERA. SÓ MACUNAÍMA NÃO.
NÃO OUÇO OS PASSOS DELE, NÃO.
NOSSO MANO!

QUE FOI!
APOSTO QUE JÁ ESTAVA DORMINDO!
DORMINDO NADA, ENTÃO! ESTAVA MAS ERA NEGACEANDO UM INAMBUGUAÇU. VOCÊ FEZ BULHA, NHAMBU ESCAPULIU!
E ASSIM TODOS OS DIAS.
OS MANOS ANDAVAM MUITO DESCONFIADOS...
EU CAÇO PORÉM NÃO ACHO NADA NÃO. JIGUÊ NEM CAÇA NEM PESCA, PASSA O DIA DORMINDO.
DORMINDO! NÃO VÊ QUE A CAÇA E O PEIXE TÃO RAREANDO!
É O FEITICEIRO CAICÃE QUE NUNCA TEVE MÃE...
SIMBORA VIOLINHA ENCANTADA...
VÔTE VÔTE COANDU!
VÔTE VÔTE CUATI!
VÔTE VÔTE TAIAÇU!
VÔTE VÔTE PACARI...
MAIS PRA DIANTE, JIGUÊ CANTOU QUE NEM TINHA ESCUTADO E VEIO UM DILÚVIO DE CAÇA E PESCA. VOLTOU CARREGADO PRA TAPERA.
HUMPF, TEM COISA...

NO OUTRO DIA ESPEROU COM O OLHO ESQUERDO DORMINDO QUE JIGUÊ PARTISSE, FOI ATRÁS.
VÔTE VÔTE COANDU!
VÔTE VÔTE CUATI!
VÔTE VÔTE TAIAÇU!
VÔTE VÔTE PACARI!
QUANDO O MANO VOLTOU PRA TAPERA MACUNAÍMA FEZ TALEQUAL REPARARA...
E VEIO UMA IMUNDÍCIE DE CAÇAS!

AÍ A VIOLINHA CAIU NO DENTE DE UM QUEIXADA E SE PARTIU EM DEZ VEZES DEZ PEDAÇOS QUE OS BICHOS ENGOLIRAM PENSANDO QUE ERA JERIMUM.
ÁRA! AGORA QUE NÃO CAÇO NEM PESCO MAIS!
TODOS PRINCIPIARAM CURTINDO FOME.
AI, JIGUEZIM, ARRANJA COMIDA PRA NÓS!
NÃO AZUCRINA!
RONC!
ROOONC!
O HERÓI JUROU VINGANÇA. FINGIU UM ANZOL COM PRESA DE SUCURI.
ANZOL DE MENTIRA, SI MANO JIGUÊ VIER EXPERIMENTAR VOCÊ, ENTÃO ENTRA NA MÃO DELE.
JIGUÊ NÃO PODIA DORMIR DE TANTA FOME.
MANO, ESSE ANZOL É BOM?
XISPETEÓ!
DEIXA VER SI É.
AH, VENENO!
A FERIDA LEPROSA TÁ ME COMENDO! AAAH!
SÓ FICOU A SOMBRA DE JIGUÊ.
A PRINCESA TEVE ÓDIO. É QUE ELA ANDAVA ULTIMAMENTE BRINCANDO COM JIGUÊ.
QUANDO O HERÓI FOR PASSEAR DE FOME VOCÊ VIRA NUM CAJUEIRO NUMA BANANEIRA E NUM CHURRASCO DE VIADO.
A SOMBRA ERA ENVENENADA POR CAUSA DA LEPRA.
NO OUTRO DIA...
RONC!

NHAM, CAJUS!
OPA, PERAÍ... É A SOMBRA LEPROSA!
LÉGUA E MEIA ADIANTE...
MMM, CHURRASCO!
NAAA... É A SOMBRA LEPROSA DE NOVO!
LÉGUA E MEIA DEPOIS O HERÓI JÁ VINHA VESGO DE FOME.
ROONC!
NHAM, BANANAS! BANANAS!
NHOC! NHOC! NHOC!
RÁ, RÁ, RÁ! A BANANEIRA ERA A SOMBRA! AGORA É QUE TU MORRE!
SE É PRA MORRER, ENTÃO MELHOR PASSAR LEPRA PROS OUTROS. NÃO QUERO MORRER SOZINHO!
PEGOU NUMA FORMIGA SAÚVA E ESFREGOU BEM ELA NA FERIDA DO NARIZ, FORMIGA JÁ FOI GENTE QUE NEM NÓS E A SAÚVA FICOU LEPROSA. ENTÃO AGARROU A FORMIGA JAGUATACI, DEPOIS A FORMIGA AQUEQUE, A GUIQUÉM, A TRACUÁ E TODAS FICARAM LEPROSAS.
RÁ! PASSEI LEPRA PRA TANTO BICHO QUE ACABEI SARANDO BEM!
ARA! SIM QUE ESSE MANO É INTELIGENTE!
VOU VOLTAR PRA TAPERA TAMBÉM.
MAS COM A ESCUREZA DA NOITE NÃO ACHO O CAMINHO! MELHOR PEDIR AUXÍLIO...
FOGUINHO, CUNHADA PRINCESA!

TÔ INDO! TÔ INDO!
AAAAA!!!!
FOGUINHO, MANO MAANAPE!
JÁ VAI! JÁ VAI!
AAAA!!
FOGUINHO, MANO MACUNAÍMA!
EU QUE NÃO CHEGO NEM PERTO!
FOGUINHO, MANO MACUNAÍMA!
FOGUINHO, MANO MACUNAÍMA!
PODE MAIS É PEDIR A NOITE TODA...
NA MANHÃ...
ARRE! FOI-SE!
RI! RI! RI!
ROONC!
O HERÓI NÃO MALICIOU NADA.
TUDO O QUE MACUNAÍMA PEGAVA A SOMBRA ENGOLIA, TAMORITA INHAME CAJUÍ GUAIMBÉ GUACÁ UXI INGÁ BACURI CUPUAÇU PUPUNHA GRAVIOLA, TODAS ESSAS COMIDAS DO MATO.
NHAM!
MELHOR VOU PESCÁ, AGORA QUE NÃO TEM MAIS QUEM PESQUE PRA MIM...

E ASSIM FOI UMA E OUTRA E OUTRA FEITA...
PRONTO. JÁ TENHO PEIXE SUFIC... QUÊ?!
AH, VAI VER SÓ...
VUPT!
QUANDO A SOMBRA VOLTOU, NÃO ACHANDO MAIS O MANO DISPAROU NO RASTO DELE. DEPOIS DE CORRER UM POUCO, ATRAVESSAR A TERRA DOS ÍNDIOS TATUS-BRANCOS, O HERÓI OLHOU PRA TRÁS E VIU QUE A SOMBRA JÁ VINHA CHEGANDO. ESTAVA NA PARAÍBA.
TEM ÁGUA PRA ME DAR, MANOS TRABALHADORES?
AGRADECIDO!
E DIABO LEVE QUEM TRABALHA!
GRRR
PEGA! PEGA!
AU! AU! AU! AU!

PÓIM!
MUUUUU!!!!
A BULHA VEM DE LÁ! JÁ TE PEGO, MANO!
UM BOI MARRUÁ! AGORA TAMBÉM NÃO VOU PERDER PERNADA.
MEU BOI BONITO, BOI ALEGRIA, DÁ UM ADEUS PRA TODA A FAMÍLIA! ÔH... ÊH BUMBA, FOLGA MEU BOI!
PORÉM NUNCA MAIS QUE O BOI PÔDE COMER, A SOMBRA ENGOLIA TUDO ANTES DO BICHO. ENTÃO O MARRUÁ FOI FICANDO JURURU FICANDO JURURU MAGRUÇO E LERDO.
MEU BOI BONITO, BOI DESENGANO, DÁ UM ADEUS, ATÉ PARA O ANO!
NO OUTRO DIA O BOI ESTAVA MORTO E PODRE. ENTÃO VIERAM MUITOS URUBUS. O MAIS GRANDE PUXAVA A DANÇA CANTANDO... E ERA O URUBU-REI, O PAI DO URUBU.
MEU BOI BONITO, BOI ZEBEDEU, CORVO AVOANDO, BOI QUE MORREU. ÔH... ÊH BUMBA, FOLGA MEU BOI!
A SOMBRA TEVE RAIVA DE ESTAREM COMENDO O BOI DELA E PULOU NO OMBRO DO URUBU-REI. O PAI DO URUBU FICOU MUITO SATISFEITO.
ACHEI COMPANHIA PRA MINHA CABEÇA, GENTE!
E VOOU PRA ALTURA. DESDE ESSE DIA O PAI DO URUBU POSSUI DUAS CABEÇAS.
E FOI ASSIM QUE INVENTARAM A FESTA FAMANADA DO BUMBA MEU BOI, TAMBÉM CONHECIDA POR BOI-BUMBÁ.

MACUNAÍMA SE ARRASTOU ATÉ A TAPERA SEM GENTE AGORA. ESTAVA MUITO CONTRARIADO PORQUE NÃO COMPREENDIA O SILÊNCIO.
FICARA DEFUNTO SEM CHORO, NO ABANDONO COMPLETO.
NEM UMA CUNHÃ SIQUER.
ESSA TAPERA TAMBÉM NÃO DÁ MAIS. VOU ARRANJÁ ONDE AMARRAR MINHA REDE.
SÓ MEU FIEL SÉQUITO SARAPINTADO FICOU COMIGO.
E CÊ ONDE VAI PRIMO?
NÃO VÊ QUE MILHARAL AMADURECEU NA TERRA DOS INGLESES!
SIMBORA!

CURRPAC! PAC!
ARA, SÓ FICOU ESSE ARUAÍ TAGARELA...
PACIÊNCIA... O MAL GANHADO, DIABO LEVA.
CURRPAC!
PASSAVA OS DIAS ENFARADO E SE DISTRAÍA FAZENDO O PÁSSARO REPETIR NA FALA DA TRIBO OS CASOS QUE TINHAM SUCEDIDO PRO HERÓI DESDE INFÂNCIA. VINHA A NOITE.
MACUNAÍMA!
MACUNAÍMA! ÔH, MACUNAÍMA!
DEIXA A GENTE DORMIR, ARUAÍ...
ACORDA, HERÓI! É DE-DIA!
AH... QUE PREGUIÇA!
POUCA SAÚDE E MUITA SAÚVA, OS MALES DO BRASIL SÃO!
QUÁ! QUÁ! QUÁ!
ENTÃO O PAPAGAIO REPETIA O CASO APRENDIDO NA VÉSPERA E MACUNAÍMA SE ORGULHAVA DE TANTAS GLÓRIAS PASSADAS. DAVA ENTUSIASMO NELE E SE PUNHA CONTANDO PRO ARUAÍ OUTRO CASO MAIS PANÇUDO. E ASSIM TODOS OS DIAS.
UMA FEITA JANEIRO CHEGADO MACUNAÍMA ACORDOU TARDE COM O PIO AGOURENTO DO TINCUÃ. NO ENTANTO ERA DIA FEITO... O HERÓI TREMEU. PROCUROU O ARUAÍ, DESAPARECERA.
VEI, A SOL, ESCORREGAVA PELO CORPO DE MACUNAÍMA, FAZENDO COSQUINHAS, VIRADA EM MÃO DE MOÇA.
AI, QUE FAZ TEMPO QUE NÃO BRINCO...
ÁGUA FRIA DIZ QUE É BOM PRA ESPANTAR AS VONTADES...
A LAGOA ESTAVA TODA COBERTA DE OURO E PRATA E DESCOBRIU O ROSTO DEIXANDO VER O QUE TINHA NO FUNDO.
MANI!
ERA A UIARA.

UI QUE GELADA!
AI QUE FRIAGE!
VEI TEVE RAIVA, PEGOU UM RABO DE TATU DE CALORÃO E...
SLEP!
TCHIBUM!
VITÓRIA! VITÓRIA!
CHAF!
TIBUM!

TCHOF!
CHUÁ!
FICOU DE BRUÇOS UM TEMPÃO COM A VIDA DEPENDURADA NOS RESPIROS FATIGADOS.
PERDI MINHA PERNA...
AS ORELHAS...
MEU NARIZ...
OS DEDOS DO PÉ...
A MUIRAQUITÃ!! CADÊ???
ARRANCOU UMA MONTANHA DE TIMBÓ DE AÇACU DE TINGUI DE CUNAMBI, TODAS ESSAS PLANTAS E ENVENENOU PRA SEMPRE O LAGOÃO. TODOS OS PEIXES MORRERAM E FICARAM BOIANDO COM A BARRIGA PRA CIMA... TUDO FICOU TINTO DE SANGUE. ERA BOCA-DA-NOITE.
CADÊ?!?
CADÊ?!?
DEVOLVAM!!!
ACHOU QUASE TODOS OS PERDIDOS E COLOU TUDO NO CORPO COM SAPÉ E COLA DE PEIXE... PORÉM A PERNA E A MUIRAQUITÃ NÃO ACHOU NÃO. TINHAM SIDO ENGOLIDOS PELO MONSTRO URURAU QUE NÃO MORRE COM TIMBÓ NEM PAU.

ENTÃO MACUNAÍMA NÃO ACHOU MAIS GRAÇA NESTA TERRA.
ESTE MUNDO NÃO TEM JEITO MAIS. VOU PRO CÉU VIVER COM A MARVADA...
SER O BRILHO BONITO MAS INÚTIL DE UMA CONSTELAÇÃO.
PLANTOU UMA SEMENTE DO CIPÓ MATAMATÁ, E ENQUANTO O CIPÓ CRESCIA AGARROU NUMA ITÁ PONTUDA ESCREVEU NA LAJE QUE JÁ FORA JABUTI NUM TEMPO MUITO DE DANTES...
NÃO VIM NO MUNDO PARA SER PEDRA
VAMOS DAR A DESPEDIDA,
- TAPERÁ,
TALEQUAL O PASSARINHO,
- TAPERÁ,
BATEU ASA FOI-SE EMBORA,
- TAPERÁ,
DEIXOU A PENA NO NINHO.
- TAPERÁ...
A URSA MAIOR É MACUNAÍMA. É MESMO O HERÓI CAPENGA QUE DE TANTO PENAR NA TERRA SEM SAÚDE E COM MUITA SAÚVA, SE ABORRECEU DE TUDO, FOI-SE EMBORA E BANZA SOLITÁRIO NO CAMPO VASTO DO CÉU.

ACABOU-SE A HISTÓRIA E MORREU A VITÓRIA.
NÃO HAVIA MAIS NINGUÉM LÁ. DERA TANGOLOMÂNGOLO NA TRIBO TAPANHUMAS E OS FILHOS DELA SE ACABARAM DE UM EM UM.
UM SILÊNCIO IMENSO DORMIA À BEIRA-RIO DO URARICOERA.
UMA FEITA UM HOMEM FOI LÁ. ERA MADRUGADINHA.
DE REPENTE...
CURR-PAC, PAPAC!
DÁ O PÉ, PAPAGAIO.
OS DOIS SE ACOMPANHEIRARAM. ENTÃO O PÁSSARO PRINCIPIOU FALANDO NUMA FALA MANSA, MUITO NOVA, MUITO!
NO FUNDO DO MATO-VIRGEM NASCEU MACUNAÍMA, HERÓI DE NOSSA GENTE.
SÓ O PAPAGAIO CONSERVAVA NO SILÊNCIO AS FRASES E FEITOS DO HERÓI. TUDO ELE CONTOU PRO HOMEM E DEPOIS ABRIU ASA RUMO DE LISBOA.
E O HOMEM SOU EU, MINHA GENTE, E EU FIQUEI PRA VOS CONTAR A HISTÓRIA.
POR ISSO QUE VIM AQUI. ME ACOCOREI EM RIBA DESTAS FOLHAS, CATEI MEUS CARRAPATOS, PONTEEI NA VIOLINHA E BOTEI A BOCA NO MUNDO CANTANDO AS FRASES E OS CASOS DE MACUNAÍMA, HERÓI DE NOSSA GENTE.
TEM MAIS NÃO.

BÔNUS

CONFIRA A SEGUIR:

CONHEÇA OS AUTORES
Biografia de quem está por trás deste livro

NO TEMPO DE *MACUNAÍMA*
Curiosidades históricas sobre costumes e cenários da obra de Mário de Andrade

SEGREDOS DA ADAPTAÇÃO
Um *making of* da HQ. Acompanhe o nascimento da obra desde o roteiro e primeiros esboços até a arte-final

CONHEÇA OS **AUTORES**

Dois trabalhos são essenciais na criação de uma narrativa em quadrinhos, seja ela uma história original ou uma adaptação: o roteiro e a arte. Nesta HQ, a obra clássica inspirou o roteirista e desenhista Rodrigo Rosa, que organizou a história em quadros e a transformou em ilustrações. Descubra a seguir um pouco mais sobre a vida de cada autor de *Macunaíma*.

MÁRIO DE ANDRADE nasceu em 9 de outubro de 1893, em São Paulo. Aos dezoito anos iniciou seus estudos de piano no Conservatório Dramático e Musical de São Paulo. Aos vinte e quatro, usando o pseudônimo Mário Sobral, publicou seu primeiro livro de poemas, *Há uma gota de sangue em cada poema*. Foi um dos idealizadores da Semana de Arte Moderna, em 1922. A publicação de *Amar, verbo intransitivo*, em 1927, chocou a burguesia paulistana pelo seu conteúdo ousado. Os intelectuais não aprovaram o desrespeito às regras gramaticais presente na obra. Em 1928 publicou *Macunaíma*. Em 1936 criou o Serviço do Patrimônio Histórico e Artístico Nacional. Vivendo no Rio de Janeiro, de 1938 a 1941, foi professor de Filosofia e História da Arte e exerceu cargos públicos ligados à cultura. Morreu em 1945, em São Paulo.

RODRIGO ROSA nasceu em Porto Alegre, no Rio Grande do Sul. Jornalista formado pela Pontifícia Universidade Católica do Rio Grande do Sul (PUC-RS) e com mestrado em Edição Literária pela Universidade Autônoma de Barcelona. Já aos catorze anos atuava profissionalmente, publicando tiras de quadrinhos no jornal *Oi! Menino Deus*. Foi integrante da editoria de arte do jornal *Zero Hora*, ilustrou inúmeras obras infantis e juvenis e colaborou, como cartunista e chargista, em vários jornais e revistas nacionais. Com mais de vinte prêmios em salões de humor no Brasil e no exterior, é um dos desenhistas mais requisitados pelas editoras do país. Nesta série, assinou também as adaptações de *O cortiço*, *Dom Casmurro* e *Memórias de um sargento de milícias*, todas em parceria com o roteirista Ivan Jaf.

NO TEMPO DE *MACUNAÍMA*

A primeira versão de *Macunaíma, o herói sem nenhum caráter* foi escrita em apenas uma semana, no final de 1926. Porém, a versão final só foi publicada em 1928. Erudito, pesquisador do folclore e da cultura popular brasileira, autodidata em música, Mário de Andrade se inspirou, principalmente, na pesquisa do antropólogo alemão Theodor Koch Grünberg, *Vom Roraima zum Orinoco,* para escrever o livro. A história não se passa em um momento determinado, mas pelas referências culturais mencionadas sabemos que o autor se baseou em acontecimentos das décadas de 1910 e 1920.

NAQUELE TEMPO...

Macunaíma e seus irmãos viajam para São Paulo atrás de Pietro Pietra, o gigante que está com a muiraquitã. Vindos da Amazônia, eles se surpreendem com o cosmopolitismo paulistano. No período em que o livro foi escrito, o Brasil vivia a República do Café com Leite, assim chamada pelo acordo tácito firmado entre políticos paulistas e mineiros para ocupar a Presidência da República em um rodízio. Não por acaso, é um dos períodos de maior desenvolvimento do Sudeste, especialmente da região de São Paulo, cujos investimentos públicos e privados na cafeicultura e nas indústrias nascentes fizeram com que o estado se destacasse dentre os demais. É essa São Paulo que conhecemos na história pela descrição de Mário de Andrade.

A CULTURA PAULISTANA

Com a influência nacional e de imigrantes, a cultura paulistana se desenvolvia. O jornal *O Estado de São Paulo* era uma referência em todo o país. Grandes cinemas, como o Cine República, reuniam a elite paulistana para suas exibições. As modistas copiavam os modelos franceses, ainda a principal referência europeia para os brasileiros. Outras influências, como o Expressionismo, o Futurismo, o Cubismo, o Surrealismo e o Dadaísmo também chegavam por aqui. Mais importante que essas tendências, no entanto, era o movimento cultural que se iniciava em São Paulo com Mário de Andrade, Anita Malfatti, Tarsila do Amaral, Oswald de Andrade, Menotti del Picchia, entre outros artistas: o Modernismo.

O MOVIMENTO MODERNISTA

Mário de Andrade, Tarsila do Amaral, Anita Malfatti, Oswald de Andrade e muitos outros iniciaram na década de 1920 um movimento artístico-literário que ficou conhecido como Movimento Modernista, sendo a Semana de Arte Moderna de 1922 seu marco inicial. Eles também contavam com influências europeias, como o Cubismo e o Futurismo, mas sua grande diferença foi o enfoque na cultura brasileira, num movimento tanto de valorização dessa cultura como de crítica social. Os manifestos do Pau-Brasil (1924), Verde-Amarelismo (1926) e Antropofágico (1928) dividiram os artistas modernistas em vertentes ideológicas diferentes.

REVISTAS MODERNISTAS

Klaxon foi a primeira revista modernista no Brasil, lançada em 1922. O próprio nome, inspirado na buzina externa dos automóveis, mostra qual era a intenção de seus editores e colaboradores, como Mário de Andrade, Guilherme de Almeida, Manuel Bandeira entre outros. Cosmopolita, vanguardista, a revista anunciava a chegada de novas tendências artísticas culturais em artigos e poemas de artistas franceses, espanhóis, italianos e brasileiros. E não era só o conteúdo da revista que trazia esse caráter renovador e original. O design gráfico de seus exemplares também era ousado. Inspirado na escola Bauhaus, a revista apresentava ilustrações de Brecheret e Di Cavalcanti. A revista circulou entre maio de 1922 e janeiro de 1923 mensalmente.

PENSADORES DA ÉPOCA

Em 1921, Mário de Andrade conheceu o historiador Sérgio Buarque de Holanda, que em 1936 publicou *Raízes do Brasil*, um dos clássicos da historiografia brasileira. Eles se corresponderam nos anos seguintes e trocaram impressões sobre a identidade brasileira que buscavam retratar em suas obras. Enquanto Mário de Andrade tentava definir o caráter brasileiro em sua narrativa fantástica, Sérgio Buarque fazia um trabalho de pesquisa historiográfica baseado em documentos e ensaios. Assim como eles, Paulo Prado, autor para quem Mário de Andrade dedicou *Macunaíma*, também buscou mapear a formação da identidade brasileira em seu livro *Retrato do Brasil* de 1928.

SEGREDOS DA **ADAPTAÇÃO**

Ao começar a escrever *Macunaíma*, em 1926, Mário de Andrade não imaginava que quase um século depois sua história seria narrada por meio de uma linguagem diferente, que combinaria imagens desenhadas com textos em balões de fala, de pensamento e recordatórios. Não imaginava também que seus personagens ganhariam novas formas e cores.

Vanguardista, poeta modernista, músico, pesquisador da cultura e do folclore brasileiro, o escritor reuniu em seus livros influências de diversas manifestações artísticas da época. Essa característica em sua obra oferece um baú repleto de referências eruditas aos leitores. E serviu também de inspiração para o roteirista e ilustrador Rodrigo Rosa, que recriou a história em uma linguagem de quadrinhos.

Adaptar uma obra literária que ultrapassa décadas e se consolida como um clássico é um desafio. No processo de adaptação, Rodrigo Rosa buscou não apenas transpor a obra para outro formato, mas também fazer uma releitura usando dados importantes da biografia de Mário de Andrade e do contexto histórico no qual o movimento modernista surgiu. Essa releitura provocou atualizações na narrativa.

Para exemplificar esse processo vamos acompanhar como se deu a criação dos textos e das ilustrações que compõem as páginas 34 e 35 desta HQ. Essa página dupla traz, como cenário, recortes e reproduções dos quadros *A Cuca*, *Operários*, *Estrada de Ferro Central do Brasil*, *A negra* e *Abaporu*, todos de Tarsila do Amaral. A artista plástica e seus quadros não são citados na história original, e a ideia de usá-los para ilustrar o cenário do capítulo 9, "Carta pras Icamiabas", foi de Rodrigo Rosa. "Para ilustrar a passagem da carta que Macunaíma escreve de São Paulo às guerreiras icamiabas, tive a ideia de homenagear a grande pintora do movimento modernista, Tarsila do Amaral. Em suas obras, a artista abordou de forma notável o Brasil mítico e naturalista como a modernidade das novas tecnologias e da revolução industrial que despontava no Brasil na década de 1920". Como ilustrador, Rodrigo Rosa buscou nos quadros da artista referências visuais dos anos 1920 para transpor em imagens esse cenário da época imaginado por ele. Diferentemente de outras escolas literárias, como o Realismo, por exemplo, o Modernismo não tem como característica a descrição detalhada dos cenários em seus livros. Sendo assim, nesta adaptação, Rodrigo Rosa teve mais liberdade para criá-los. Para isso investiu em um apurado estudo de referências históricas.

A carta que na obra original preenche todo o capítulo 9 e tem aproximadamente treze páginas aparece aqui em duas páginas. Nesta HQ, optou-se por reproduzir pequenos trechos da carta que mantivessem a narrativa coerente e que fossem representativos. O texto curto e mais direto é um dos traços da linguagem dos quadrinhos. Mesmo com a edição e o recorte do texto, Rodrigo Rosa se preocupou em manter o tom que Mário de Andrade cuidadosamente projetou para este capítulo, que traz uma linguagem empolada. A grafia e o estilo foram mantidos iguais aos do original também, com uma linguagem mais erudita, como se Macunaíma estivesse reproduzindo a escrita usada pela alta sociedade e pelos intelectuais paulistanos. Contudo, como Macunaíma não conhecia a norma culta, o resultado final tem um efeito cômico.

Veja abaixo o texto de Mário de Andrade e, na página seguinte, o roteiro sugerido por Rodrigo Rosa e o texto final editado da HQ:

TEXTO ORIGINAL DE MÁRIO DE ANDRADE

Estávamos ainda abatido por termos perdido a nossa muiraquitã, em forma de sáurio, quando talvez por algum influxo metapsíquico, ou, qui, quando talvez por algum libido saudoso, como explica o sábio tudesco, doutor Sigmund Freud (lede Froide), se nos deparou em sonho um arcanjo maravilhoso. Por ele soubemos que o talismã perdido, estava nas dilectas mãos do doutor Venceslau Pietro Pietra, súbdito do Vice-Reinado do Peru, e de origem francamente florentina, como os Cavalcântis de Pernambuco. E como o doutor demorasse na ilustre cidade anchietana, sem demora nos partimos para cá, em busca do velocino roubado.

TRECHO DO ROTEIRO SUGERIDO POR RODRIGO ROSA

P34

Q3

Estávamos ainda abatido por termos perdido a nossa muiraquitã, quando se nos deparou em sonho um arcanjo maravilhoso. Por ele soubemos que o talismã perdido estava nas dilectas mãos do doutor Venceslau Pietro Pietra. E como o doutor demorasse na ilustre cidade anchietana, sem demora nos partimos para cá, em busca do velocino roubado. As nossas relações actuais com o doutor Venceslau são as mais lisonjeiras possíveis; e sem dúvida mui para breve recebereis a grata nova de que hemos reavido o talismã: e por ela vos pediremos alvíçaras.

VERSÃO FINAL DO TEXTO EDITADO

P34

Q3

Estávamos ainda abatido por termos perdido a nossa muiraquitã, quando se nos deparou em sonho um arcanjo maravilhoso. Por ele soubemos que o talismã perdido estava nas dilectas mãos do doutor Venceslau Pietro Pietra. E como o doutor demorasse na ilustre cidade anchietana, sem demora nos partimos para cá, em busca do velocino roubado.

Sobre o cenário de fundo dessas páginas, Rodrigo Rosa conta ainda como escolheu as cores: “Fiz uma composição que mescla quatro obras de Tarsila. A cena é dominada pelas duas figuras femininas que estão na obra *Antropofagia* (que na ilustração passaram a ser as Icamiabas que leem o relato do herói). Os demais elementos e figuras que as envolvem vêm de outras obras da artista. Na finalização da cena, usei as cores dos quadros de Tarsila e uma textura de pintura a óleo, deixando o traço negro característico dos quadrinhos. A palheta de Tarsila foi a base de onde tirei todas as cores utilizadas ao longo desta adaptação”. Veja abaixo o primeiro rascunho das páginas 34 e 35 e, logo depois, como ficaram as páginas coloridas e finalizadas.

Após os editores, de texto e de arte, aprovarem o rascunho em preto e branco, o ilustrador coloriu as páginas 34 e 35. Rodrigo Rosa se inspirou nas cores dos quadros de Tarsila do Amaral para pintar essas páginas e toda esta HQ.

A tarefa de adaptação de um texto clássico para os quadrinhos não é fácil. O trabalho realizado em cima de uma obra literária significa ter de abordar diversas passagens célebres, já consagradas, e encontrar soluções que respeitem o original ao mesmo tempo que o inova. É importante ainda conhecer bem a obra original, buscar imagens históricas que sirvam de referência e que possam ajudar a recriar o ambiente de época, mesmo que essa obra não esteja delimitada em um período específico, como é o caso de *Macunaíma*. Rodrigo Rosa, experiente roteirista e quadrinista, executou essa difícil tarefa com muito talento e criatividade, buscando inspiração estética em quadros de uma artista contemporânea a Mário de Andrade.

Esta obra foi composta nas
fontes Minion, Soho Gothic,
Soho Std e RRosa sobre
papel-cuchê fosco 115 g/m²,
para a Editora Ática.